# Das Geschenk eines Heilers

## Buch 1 der Abenteuer in Brad

von

# Tao Wong

Übersetzt von Tamara Peiter

# Copyright

Dies ist ein fiktionales Werk. Namen, Charaktere, Unternehmen, Orte, Ereignisse und Begebenheiten sind entweder Produkte der Fantasie des Autors oder werden in fiktiver Weise verwendet. Jede Ähnlichkeit mit tatsächlichen lebenden oder toten Personen oder tatsächlichen Ereignissen ist rein zufällig.

Dieses E-Book ist nur für den persönlichen Gebrauch lizenziert. Dieses E-Book darf nicht weiterverkauft oder an andere Personen weitergegeben werden. Wenn Sie dieses Buch mit einer anderen Person teilen möchten, erwerben Sie bitte für jeden Empfänger ein zusätzliches Exemplar. Wenn Sie dieses Buch lesen und es nicht gekauft haben, oder es nicht nur für Ihren Gebrauch gekauft wurde, gehen Sie bitte zu Ihrem bevorzugten E-Book-Händler und kaufen Sie Ihr eigenes Exemplar. Danke, dass Sie die harte Arbeit dieses Autors respektieren.

---

Ein Starlit Publishing Buch
Herausgegeben von Starlit Publishing
69 Teslin Rd
Whitehorse, YT
Y1A 3M5
Canada

www.starlitpublishing.com

Ebook ISBN: 9781989994856
Broschiert ISBN: 9781989994863

# Bücher in der Serie Die Abenteuer in Brad

# Inhalt

# Kapitel 1

„Daniel Chai. Bergmann. Ich bin hier, um der Abenteurer-Gilde beizutreten." Daniel beantwortet die Fragen der Wache und blickt über die zehn Fuß hohe Holzwand, die die Dungeonstadt Karlak von der Wildnis hinter ihm trennt, bevor er seinen ruhigen, warmen Blick wieder auf die Wache und ihre Pike fallen lässt.

Die blonde Wache, gekleidet in einer einfachen Ledertunika und Wollhosen, starrt Daniel an und winkt mit der Hand, um Daniels Statusbildschirm aufzurufen und die Wahrhaftigkeit seiner Worte zu bestätigen. Der Wächter liest die Informationen durch, bevor er Daniel und seinem Arbeitgeber mit einer Geste zu verstehen gibt, dass sie einsteigen sollen. Mit einem Ruck an den Zügeln des Wagens setzt Atrieus, der während des Vorgangs neben Daniel gesessen und diesen vor wenigen Augenblicken selbst durchlaufen hat, den Wagen in Bewegung.

„Ich biege hier rechts ab, Junge. Bist du damit einverstanden, jetzt bezahlt zu werden?" Atrieus grunzt Daniel an, seine Hand kratzt abwesend an seinem verfilzten Bart.

Einen Moment lang ist Daniel irritiert, aber er verdrängt das Gefühl schnell. Mit einundzwanzig Jahren ist Daniel weit über das Alter hinaus, in dem der Begriff Junge angemessen wäre, aber da Atrieus ihn seit seiner Kindheit bei der Arbeit in den Minen hat aufwachsen sehen, werden tausend weitere Proteste gegen diesen Begriff den alten Mann wohl kaum umstimmen. Stattdessen antwortet Daniel nur höflich: „Das ist in Ordnung. Danke schön."

„Verdammte Verschwendung, Junge. Willst du das wirklich tun?" Atrieus knurrt und kramt in der Tasche zu seinen Füßen, um einen kleinen, mit Münzen beladenen Stoffbeutel herauszuziehen, den er Daniel überreicht.

Als Antwort schüttelt Daniel nur den Kopf, nimmt seinen Lohn entgegen und winkt seinem vorübergehenden Arbeitgeber zum Abschied, während er von dem mit Erz beladenen Wagen hinunterhüpft. Daniel hat auch keine Lust, dieses Gespräch zu wiederholen, das in den letzten Wochen der Reise in vielen Varianten stattgefunden hat. Bevor der Wagen abfährt, greift er nach hinten und schnappt sich seinen

Rucksack und seine einzige Waffe, einen 10-Kilo-Vorschlaghammer. So schwer er auch ist, Daniel trägt ihn mit wenig Anstrengung, die aus der jahrelangen Arbeit in den Minen entstandenen Muskeln sind angespannt.

Nachdem er sich von Atrieus getrennt hat, macht sich Daniel auf den Weg zum Stadtzentrum und zur Abenteurergilde und genießt die frische Spätherbstluft. Karlak ist eine kleine Stadt mit kaum mehr als ein paar tausend Einwohnern und hat nur einen einzigen Anfänger-Dungeon mit zehn Stockwerken. Wie die meisten Dungeon-Städte ist auch Karlak aus dem Bedürfnis herausgewachsen, den Abenteurern zu dienen, die den Großteil des Einkommens der Stadt einbringen, und so breitet sich die gesamte Stadt vor der Gilde und dem Dungeon-Eingang aus.

Während Daniel tiefer in die Stadt hineingeht, wechseln die Gebäude von einfachem Holz zu Stein, und ihr Reichtum spiegelt sich in Architektur und Materialien wider. Um ihn herum schlängeln sich die Stadtbewohner mit lässiger Ungezwungenheit durch den Verkehr, die meisten sind in schlichte

Wolltuniken und andere Stoffe gekleidet. Für eine Stadt ist Karlak ziemlich einheitlich in seinem Rassenprofil, nur gelegentlich sieht Daniel eine Gestalt, die nicht menschlich ist, wobei Beastkins die häufigste Minderheit formen. Das Wachstum der Stadt hat sich in den letzten Jahren stabilisiert, da die Nähe zur umstrittenen Grenze zwischen Brad und den Ork-Nationen die Einwanderung erheblich bremst. Andererseits gibt es den Dungeon, der die Haupteinnahmequelle der Stadt darstellt, schon seit über zwanzig Jahren, und er ist gut kartiert mit einer bekannten und ausgewogenen Mischung von Monstern, die einen konstanten Strom neuer, hoffnungsvoller Abenteurer garantiert.

Der jüngste dieser Hoffnungsträger läuft die Straße hinunter und zieht mehr als nur ein paar Blicke auf sich. Alle neuen Abenteurer sind eine potenzielle Einnahmequelle für die Stadt, und viele der Stadtbewohner schätzen schnell die Wahrscheinlichkeit seines Überlebens ein. Seine beeindruckende Muskulatur ist ein Punkt zu seinen Gunsten, aber die meisten stufen seine Chancen, ein echter Verdiener zu sein, schnell herunter. Das Haar ist so braun, dass es fast schwarz ist. Der breitschultrige Neuankömmling ist nur 1,80 Meter groß und ein Mensch, seine Statur und seine Herkunft stellen einen erheblichen Nachteil dar, den der Junge überwinden muss.

*Das riecht gut* ... Daniel dreht den Kopf und sucht nach dem Ursprung des Geruchs, während sein Magen ihn daran erinnert, dass seine letzte Mahlzeit früh am Morgen war. Als er den Stand am Straßenrand entdeckt, der seinen Hunger geweckt hat, beschleunigt er seine Schritte, bevor ein unangenehmes Knirschen, gefolgt von einem Chor von Schreien, seine Aufmerksamkeit erregt.

Direkt hinter ihm liegt ein Kind auf dem Boden, dessen Körper von einem rasenden Wagen angefahren wurde. Ein verirrter Wind, eine lose gehaltene Blume und ein überstürzter Versuch, sein Geschenk zu fangen, sind alles, was nötig war, damit diese Tragödie geschehen konnte. Unfähig zu stoppen, haben die Räder des Wagens das Kind erst mit sich geschoben und dann überrollt. Die Betreuerin des Kindes beendet ihre Flucht aus der Gasse, ein Moment der Ablenkung verwandelt nun ihren Gesichtsausdruck in eine Mischung aus Schock und Bedauern.

Daniel bewegt sich ohne bewusste Gedanken; seine weltlichen Güter lässt er hinter sich, während er zu dem kleinen, zerquetschten Körper eilt. Seine Augen verengen sich, als er einen Teil seiner Gabe beansprucht und den Schaden begutachtet, während er den leicht zuckenden Körper berührt.

Zerschmettertes Schlüsselbein, zerschmetterter Brustkorb und Herz, starke Blutungen in Brusthöhle und Magen. Haarrisse in der Wirbelsäule, eine leichte Gehirnerschütterung und ein gebrochener Arm. Der Schaden springt ihm ins Auge, als er das Kind berührt, Informationen strömen durch seinen Verstand, als er sowohl den natürlichen Zustand des Körpers des Kindes als auch den angerichteten Schaden katalogisiert und instinktiv versteht. Die Informationen fließen weiter, obwohl er das meiste davon aus seinem Verstand verdrängt. Eine etwas geringere Blutmenge als gewöhnlich, ein früherer Schaden an der Sehne in seinem Knöchel, der noch eine

Woche von der Heilung entfernt ist, eine falsche Platzierung der Hüftpfanne ...

Selbst als die Informationen zu ihm kommen, spricht Daniel die vertrauten Worte: „Ich bin ein Heiler. Bitte lassen Sie mich tun, was ich kann."

Aus der Sicht der Betreuerin des Kindes ist das, was Daniel als nächstes tut, nichts weniger als ein Wunder. Die Betreuerin des Kindes ist eine erfahrene Abenteurerin und kennt sich gut mit den Formen der Heilmagie aus, die es in der Welt gibt. Nichts außer dem Großen Segen eines hohen Priesters hätte ihren Neffen retten können, und doch heilt der Fremde, ohne ein einziges Wort zu sprechen oder einen Gott anzubeten, ihren Neffen vor ihren Augen. Die Knochen verbinden sich, die Lungen blähen sich auf, und die Blutung stoppt innerhalb weniger Minuten. Alles, was darauf hindeutet, dass überhaupt etwas passiert, ist das sanfte Leuchten, das von Daniels Händen ausgeht, die seinen kleinen Patienten umgeben. Als das Leuchten verblasst, öffnen sich die Augen des Jungen und er atmet zum ersten Mal bewusst, bevor er schreiend und weinend in die Arme seiner Tante läuft.

Die blonde Abenteurerin umarmt ihren Neffen und schaukelt ihn. Sie schaut zu Daniel hinüber, der schwer atmend zusammengesackt ist, und spricht ihm ihren Dank aus. Daniel nickt nur schwach, er kommt langsam wieder zu sich, nachdem er seine Gabe eingesetzt hat. Wie immer kostet es seinen Preis. Diesmal wird nur ein halber Tag seiner Vergangenheit - Erinnerungen und Lektionen, die er während eines Kampfes mit einem übergroßen Dachs, der den Weg der Erzwagen versperrte, und Gesprächen mit Atrieus gelernt hat – seiner Gabe geopfert.

Um Daniel herum gaffen die zuschauende Menge und der Fuhrmann über die wundersame Heilung; die Gerüchteküche unter den Stadtbewohnern wird heute Abend neues Futter bekommen. Ein barmherziger Samariter trägt Daniels heruntergefallenen Gegenstände hinüber und klopft ihm zum Dank auf den Rücken, bevor er geht, um seine eigenen Besorgungen für den Tag zu erledigen. Die Taten des Samariters brechen den Bann, andere drängen sich um Daniel, bedanken sich und murmeln Glückwünsche und Trost für die blondhaarige Abenteurerin, die ihren Neffen immer noch an die Brust drückt.

Schließlich beruhigt sich das Kind, und die Menge zerstreut sich, als Daniels Versuche, sie zum Gehen zu bewegen, endlich Wirkung zeigen. Nach getaner Arbeit steht er stöhnend auf und bückt sich, um seinen Rucksack und seinen Hammer aufzuheben, wird aber durch eine Hand auf seinem Arm am Gehen gehindert.

„Danke." Ihre Stimme ist sanft, kultiviert und feminin, ein scharfer Kontrast zu ihrer Haltung und ihrem Erscheinungsbild. Kurz geschnittenes gelbes Haar, eine Adlernase und stechend blaue Augen ruhen auf einem Gesicht, das viele als markant bezeichnen würden. Die Abenteurerin hält sich kriegerisch, eine Hand ruht unbewusst auf ihrem Schwertgriff, die Form ihres durchtrainierten und festen Körpers ist unter der locker geschnittenen Bluse, die sie trägt, leicht zu erkennen. „Mein Name ist Mary Lavie, und das ist Charles."

„Daniel Chai." Er lächelt den Jungen an und streckt impulsiv die Hand aus, um das Haar des Kindes zu zerzausen: „Du passt das nächste Mal auf, wenn du auf die Straße läufst, ja?"

Der Junge nickt leicht, sein Gesicht in Marys Hose versteckt. Er lugt mit seinen blauen Augen um ihr Hosenbein herum nach vorne, bevor er sein Gesicht wieder vergräbt. Im Geist des Kindes wird er immer noch das Brechen und die Heilung spüren, ein völliger Gegensatz von Erfahrungen, der zum Glück in den kommenden Stunden verblassen wird.

Als Daniel leicht schwankt – die Gabe kostet ihn immer ein wenig Kraft - fragt Mary: „Geht es dir gut?"

„Ja. Nur ein bisschen müde und hungrig. Nach einer Mahlzeit wird es mir wieder gut gehen."

Ein Lächeln erhellt Marys Gesicht, und sie gestikuliert die Straße hinunter: „Meine Schwester betreibt das Spinning Top, gleich da unten in der Richtung. Sie wird sich auch bei dir bedanken wollen."

Einen Moment lang überlegt Daniel, ob er ablehnen soll, aber er entscheidet sich schnell anders, als er sich an das Gewicht seines Geldbeutels erinnert. Selbst die Bezahlung von

Atrieus reicht nicht aus, um ihn wirklich zu sättigen, vor allem, wenn man bedenkt, welche Ausgaben ihn in den nächsten Tagen erwarten. Er nickt dankbar, und Mary lächelt, ihre blauen Augen funkeln bei seiner Zustimmung.

„Hier entlang."

# Kapitel 2

Das Spinning Top ist ein typisches kleineres Gasthaus – zumindest nach Daniels begrenzter Erfahrung. Das Top befindet sich in der Nähe des Stadtzentrums und besteht aus einer Mischung aus einfachem Holz und Stein, obwohl das Gasthaus mit teuren Fenstern aus geblasenem Glas ausgestattet ist. Der Eingang des Gasthauses führt zu einem kleinen Speisesaal mit rustikalen Holztischen und -stühlen, flankiert von einer einfachen, abgenutzten Holztheke und einer Tür zur Küche, während eine Treppe gegenüber vom Eingang in das obere Stockwerk und zu den Zimmern führt, welche das Gasthaus vermietet. Wie bei den meisten Gasthäusern in einer Dungeon-Stadt ist es wahrscheinlich, dass die Zimmer sowohl kurz- als auch langfristig gemietet werden können. Daniels Grübelei wird unterbrochen, als die Gerüche aus der Küche seinen Magen knurren lassen.

Drinnen ist die einzige Angestellte eine weitere große, auffallend blonde Frau, gekleidet in eine einfache braune Kutte, mit einer kurvigen Figur, welche diejenige ihrer Schwester in den Schatten stellt. In dem Moment, in dem sie die

Schwelle des Gasthauses überschreiten, windet sich Charles aus dem Schutz der Arme seiner Tante in jene seiner schockierten Mutter.

„Mary ...“, sagt die entsetzte Mutter und Gastwirtin, beugt ein Knie, um ihr Kind zu umarmen und das Blut und den Schaden zu begutachten. Sie hält Charles von sich weg und analysiert seine Worte, während sie ihn auf Verletzungen untersucht, bevor sie zu dem überraschenden Entschluss kommt, dass es keine gibt.

„Wir hatten einen Zwischenfall, Elise.“ Mary tritt verlegen vor und erklärt den Unfall in kurzen, prägnanten Sätzen. Charles wird wütend, als die Erwachsenen über ihn reden, und er starrt die beiden an, bevor er beschließt, dass es Zeit ist, zu schmollen. Mary wendet sich wieder Daniel zu, der sich an die Theke gelehnt hat und sehnsüchtig in die Küche starrt, während die beiden Schwestern sich unterhalten, „und da dachte ich, wir könnten Daniel verpflegen und ihn vielleicht eine Weile unterbringen?“

„Jar, ein Teller mit extra Brot!“ ruft Elise in die Küche, bevor sie zu Daniel hinübermarschiert und ihn fest umarmt. „Danke! Ich danke dir so sehr!"

In wenigen Minuten hat die emsige Elise Daniel Essen gebracht, bevor sie ihr blutverschmiertes Kind nach oben schleppt, um ihn zu waschen. Mary übernimmt den Tresen und beobachtet Daniel mit einem nachdenklichen Gesichtsausdruck beim Essen, wobei sie zwischen ihm und seinem Hammer hin und her schaut. Es dauert nicht lange, bis Daniel fertig ist und sich gegen den Stuhl lehnt, nachdem er den letzten Rest des Eintopfs mit seinem Brot aufgewischt hat.

*Das war sehr gut.* Als er sich umsieht, entdeckt er Elise nicht, der er danken will. Er runzelt leicht die Stirn, ungeduldig, seine Aufgabe zu beenden, aber nicht bereit, zu gehen, ohne sich bei ihr für das Essen bedankt zu haben. Während er überlegt, was er tun soll, werden seine Gedanken von Mary unterbrochen.

„Wirst du der Gilde beitreten?", fragt sie und nickt zu seinem Hammer. Die Vermutung war nicht aus der Luft gegriffen, da die große Mehrheit der fitten jungen Männer, die in die

Stadt kommen, nur ein Ziel haben. Sie schürzt die Lippen, als er ihre Frage mit einem Nicken quittiert. „Und das ist deine Waffe?"

„Warum? Gibt es ein Problem damit?" Abwehrend legt Daniel seine Hand auf den Griff des Hammers.

„Das gibt es. Er ist zu groß und unhandlich für einen Dungeon." Als er den Mund öffnet, um etwas zu erwidern, hebt Mary die Hand und kommt ihm zuvor, indem sie fortfährt: „Ich bin sicher, du hast ihn auf deiner Reise hierher benutzt. Wahrscheinlich hast du auch ein paar Monster getötet. Es lässt sich nicht bestreiten, dass es eine furchterregende Waffe ist. Aber du musst deinen Treffer landen. Man braucht Platz zum Schwingen und Zeit, sich danach zu erholen. In einem Dungeon, in dem man vielleicht zwei oder drei verschiedenen Monstern gleichzeitig gegenübersteht, welche oft schneller und kleiner sind als man selbst, wird das nicht funktionieren."

Daniel grunzt und krümmt sich leicht bei jedem ihrer Worte. Er weiß, dass sie nicht perfekt ist; es ist nicht so, als hätte er vieles von dem, was sie sagte, nicht selbst erlebt. „Es ist das, was ich habe.“

Seine Worte kommen nicht unerwartet, und kaum haben sie seinen Mund verlassen, wendet sich Mary der Treppe zu und ruft nach oben: „Elise, wir gehen raus. Ich bringe ihn später zurück! Jar, bring seine Taschen in Zimmer 3!“

Die Blondine steht zügig auf, schiebt ihren Stuhl zurück und geht zum Ausgang. Als sie bemerkt, dass Daniel sich nicht rührt, bellt sie ein einziges Wort heraus. „Komm.“

„Ähm ... was ist hier los?“ Daniel beeilt sich, um sie einzuholen, und stolpert hinterher, während er versucht, ihr Ziel in dieser seltsamen Stadt zu erkennen. Sogar während sie sich beeilen, bieten die menschlichen Stadtbewohner Mary ein kurzes Lächeln und einen Gruß an, den Mary jeweils mit einem kurzen Nicken abtut.

„Wir gehen zur Gilde, um dich registrieren zu lassen. Du hast doch die zwanzig Silberlinge, oder?“ Sie quittiert sein hastiges Nicken nicht und fährt mit dem Reden fort, während sie weiter schreitet. „Danach werden wir dir das

Training bieten, das du brauchst, um eine richtige Waffe zu führen."

„Training! Das kann ich mir nicht leisten!" ruft Daniel aus, holt sie ein und versucht, sie zu verlangsamen, um zu reden.

„Wer hat dich gebeten zu bezahlen?" Als sie an der Tür der Abenteuergilde ankommt, schreitet sie hinein und steuert auf den nächsten leeren Schalter zu. Ein Diener kommt in aller Ruhe herüber, groß und schlank mit einem vollen Schopf lockiger, schwarzer Haare. Er lächelt leicht, als er den gestressten Daniel hinter Mary entdeckt, bevor er sich ganz auf sie konzentriert.

„Was kann ich für dich tun, Mary?" Der Wärter lächelt, sein Gesicht wird runzelig und bekommt Falten, während er sich mit einer Hand durch die Haare fährt, um etwas Ordnung hineinzubringen.

„Ich habe einen Neuling, der registriert werden muss, Liev." Sie gestikuliert nach hinten und deutet auf Daniel, der sich verwirrt umschaut. Liev lächelt den jungen Mann beschwichtigend an und holt einige Papiere und eine kleine Kristallkugel unter dem Tresen hervor.

„Kein Problem. Lege einfach deine Hand hierhin; kein Grund schüchtern zu sein." Mit einem aufmunternden Lächeln lässt Liev Daniel seine Hand auf die Kristallkugel legen, während er die Informationen herauskitzelt, die er braucht, um die Registrierung abzuschließen. „Gut, gut. Ein Level-7-Bergmann. Ooh, sehr gut, ein kleiner Heilungszauber. Ja, wir können dich definitiv als Abenteurer registrieren."

Am Ende seiner Worte leuchtet ein schwaches, azurblaues Licht auf dem Kristall und zaubert ein weiteres zufriedenes Lächeln auf Lievs Gesicht. „Und fertig. Das wären dann zwanzig Silberlinge."

Als Daniel mit der Bezahlung fertig ist, kann er nicht anders, als sich zu fragen, ob all seine Träume bereits wahr geworden sind. Ein weiterer gebellter Befehl, ihr zu folgen, reißt ihn aus seinen Überlegungen, und er muss sich bereits beeilen, die ungeduldige Mary einzuholen, die aus dem Gildenhaus schreitet. Während er ihr hinterherhastet, ruft er seinen

Statusbildschirm auf, um über seine neue Position zu staunen.

Name: Daniel Chai
Gruppe: Level 1 Abenteurer (0%)
Untergruppe: Level 7 (Bergarbeiter) (14%)
Mensch (Männlich)

Statistiken
Leben: 164
Ausdauer: 164
Mana: 129
Kritische Trefferchance: 4%

Attribute
Kraft: 17
Beweglichkeit: 12
Verfassung: 23
Intelligenz: 14
Willenskraft: 16
Glück: 13

Skills
Waffenloser Kampf: Level 2 (47/100)
Keulen: Level 3 (21/100)

Wahrnehmung: Level 3 (21/100)

Bergbau: Level 7 (78/100)

Heilung: Level 5 (84/100)

Kräuterlehre: Level 3 (31/100)

Kochen: Level 2 (37/100)

Singen: Level 2 (14/100)


Skill Fertigkeit

Kartografie (II)


Zauber

Heilung (I)


Geschenk

Berührung des Märtyrers - Der Zaubernde kann sich selbst oder andere durch Berührung und Konzentration heilen und opfert dafür einen Teil seines Lebens. Die Kosten variieren je nach Ausmaß der geheilten Verletzungen.


Es ist eine Überraschung für Daniel, als Mary schließlich zum Stehen kommt und ihm ein Schild und einen Streitkolben entgegenstreckt. Er greift automatisch nach den Gegenständen und runzelt dann die Stirn, während er den Statusbildschirm ausblendet, um dem, was ihm gegeben wurde, die nötige Aufmerksamkeit zu schenken. Der Streitkolben ist ein einfaches Konstrukt, allerdings ist seine Spitze nicht aus Metall, sondern mit Holz gepolstert und in Stoff eingewickelt. Eine Trainingswaffe, wenn auch von besserer Qualität, als er sie je zuvor geführt hat. Der Schild ist ein einfacher Holzschild, der an den Ecken mit Eisen umwickelt und auf der Rückseite mit zusätzlichem Blei beschwert ist.

Er hält inne und betrachtet die Waffen in seiner Hand, bevor er zum ersten Mal aufschaut und um sich blickt. Die Trainingshalle, in der sie stehen, ist zwar aus Stein, aber ihre hohe Decke ist mit Holzbalken gewölbt. Die Fenster sind aufgeschlagen, um frische Luft hereinzulassen, aber wo Platz an den Wänden ist, hängen Waffenständer voller Trainingsausrüstung. Der Boden unter seinen Füßen ist aus hart gepackter Erde, doch in der Ecke bemerkt er einen raueren Trainingsplatz. Überall um ihn herum trainieren Abenteurer und solche, die es werden wollen.

„Mary ...“

„Litzburn!" Mary ignoriert Daniel wieder und winkt einem hochgewachsenen, glatzköpfigen, ebenholzhäutigen Mann zu, der das Kommando über die Trainingshalle zu haben scheint. Der Mann schreitet auf sie zu, lächelt Mary breit an und nickt dann anerkennend, als sie spricht. „Das ist Daniel. Er tritt heute bei."

Litzburn kichert, als Daniel den Mund öffnet, um gegen Marys bereits abgewandten Rücken zu protestieren. Er legt eine überraschend zarte Hand auf die Schulter des neuen Abenteurers und führt Daniel sanft, aber bestimmt auf den Trainingsboden: „Spar dir die Mühe, Junge; sie hört nicht zu. Und jetzt komm mit, das wirst du sehen wollen."

# Kapitel 3

Stunden später liegt Daniel auf dem Rücken, stöhnend vor Schmerzen, will sich keinen Zentimeter mehr bewegen und ist dankbar, dass er nicht in der Sommerhitze trainiert. So müde hat er sich seit Jahren nicht mehr gefühlt, nicht seit seinem ersten Jahr als Bergmann. Seit Stunden wird er durch verschiedenste Übungen gejagt. Zunächst grundlegende Fitnesstests und das Tragen von Gewichten, bevor er zu komplizierteren Kampfformen mit Streitkolben und Schild überging. Nachdem er fünfzehn Minuten lang mit seiner neuen Trainingsausrüstung gearbeitet hatte, war Litzburn herübergekommen und hatte dem jungen Mann befohlen, das Set, mit dem er gearbeitet hatte, an die Wände zurückzuhängen, bevor er ihm eine noch schwerere Ausrüstung gab.

Es folgten stundenlange Übungen, die zunächst mit einfachen Aktionen wie Treten und Schlagen begannen, bevor sie sich zu immer komplizierteren Abläufen entwickelten, weil Litzburn merkte, dass Daniel kein kompletter Anfänger ist. Jedes Mal, wenn Daniel nachlässt, ist Litzburn an seiner Seite, bellt ihn an, schneller zu werden, und treibt den jungen Mann voran. Trotzdem kann er sich nicht beschweren, während er auf das blaue Benachrichtigungsfenster starrt, das vor seinen Augen schwebt.

### *Skill-Steigerung*
*Keulen: Level 3 (27/100) +3*

Seine Gedanken werden von einem Schatten gestört, der über seine reglose Gestalt fällt, und von einem gestiefelten Fuß, der ihn stößt. Er dreht den Kopf, um den Blick seines lächelnden Peinigers zu treffen. „Du hast dich heute gut geschlagen. Litzburn sagte mir, du hättest eine gute Ausdauer und ein angemessenes Training absolviert für einen Anfänger."

„Danke ..." murmelt Daniel, bevor er sich wackelig vom Boden hochzieht. Normalerweise würde er sich mit seiner Gabe ein wenig heilen, gerade genug, um die Müdigkeit zu vertreiben, damit er mehr arbeiten kann, aber nach den Ereignissen von heute Morgen entscheidet er sich dagegen. Für einen Tag ist davon schon genug verloren gegangen.

„Komm schon. Wir gehen zurück nach oben. Morgen lässt dich Litzburn mit einigen der anderen Schüler arbeiten, und ich werde abends mit dir trainieren." Mary ist schon im Begriff zu gehen, und der verwirrte Daniel folgt ihr, wobei er akzeptiert, dass die junge Dame keine Lust zu haben scheint, Zeit zu verlieren.

„Mary, danke für die Schulung. Aber, müssen wir nicht bezahlen oder so?" Daniel holt sie auf und gestikuliert zurück zum Trainingsgelände, das sie gerade verlassen haben.

Mary schnaubt, bevor sie innehält, weil sie merkt, dass Daniel das natürlich nicht weiß: „Mir gehört das Trainingsgelände. Na ja, meiner Schwester und mir", korrigiert sie sich, bevor sie fortfährt. „Litzburn ist der Waffenmeister, den mein Vater vor seinem Tod eingestellt hat, und Litzburn leitet es vielleicht, dennoch gehört es uns."

„Oh." Daniel denkt einen Moment über diese Neuigkeit nach und fährt fort. „Hast du dort auch das Kämpfen gelernt?"

Ein Nicken bestätigt seine Vermutung, was Daniel verstummen lässt, da ein Teil von ihm darüber nachdenkt, wie stark Mary wohl tatsächlich sein könnte. Sie bewegt sich mit einer fließenden Anmut, jede Aktion ist wie ein Teil eines Tanzes. Vielleicht könnte auch er etwas davon lernen?

Es dauert nur ein paar Minuten, bis sie das Top erreichen, wo sich Elise anscheinend ein paar Kellnerinnen angeschlossen haben. Als Elise ihre Schwester entdeckt, winkt sie sie zu sich herüber, bevor sie dem müden Daniel einen Sitzplatz zuweist und einen Krug Bier und ein Abendessen vor ihm abstellt. Der himmlische Duft von Lammbraten mit Gemüse und Kartoffelpüree ist für Daniel die einzige Verlockung, die er braucht, um sich mit Genuss auf das Essen zu stürzen. Während sie den jungen Mann essen lässt, zerrt Elise ihre Schwester weg und beginnt ein wütendes Gespräch mit ihr.

Daniel schaufelt sich das Essen hinein und wirft gelegentlich einen neugierigen Blick auf das streitende Paar, aber nach einer Weile lässt er das bleiben. Es ist das Beste, sich nicht in einen

Familienstreit einzumischen. Stattdessen verbringt er seine Zeit damit, zu essen und die anderen Gäste zu beobachten, von denen viele Wachen und Abenteurer zu sein scheinen. Jede Gruppe sitzt mit anderen ihrer Art zusammen an separaten Tischen und genießt das Essen. Daniel ist so in das Beobachten der Leute vertieft, dass es ihn überrascht, als Elise ihn anspricht. „Ich weiß, es war ein hektischer Tag, Daniel, aber du hättest wirklich bleiben sollen, damit ich mich richtig bedanken kann."

„Es tut mir leid", versucht Daniel zu erklären. „Mary hat mich weggeschleppt und dann ..."

„Ich weiß." Sie gestikuliert mit dem schmutzigen Waschlappen in ihrer Hand. „Sie hat es mir erzählt. Sie sagt, sie wird dich den Rest der Woche unterrichten, bevor du in den Dungeon gehst. Gut."

„Was das betrifft ..." Daniel öffnet den Mund und will protestieren, weil er freie Kost und Logis erhalten hat.

„Daniel, du hast das Leben meines Sohnes gerettet. Das Mindeste, was wir tun können, ist, deine Chancen zu erhöhen, im Dungeon zu überleben." Plötzlich schnaubt die langjährige Bewohnerin der Dungeon-Stadt kopfschüttelnd und fährt fort. „Ich glaube nicht, dass du vorhattest, den Hammer da drin zu benutzen. Mit dem Ding kommst du nicht über den zweiten Stock hinaus."

„Komm schon, so schlimm ist es nicht!", protestiert Daniel.

„Doch, ist es. Ich habe mein ganzes Leben hier verbracht, und ich sage dir, Daniel, einer von vier Abenteurern stirbt bei seinem ersten Streifzug durch einen Anfänger-Dungeon. Von denen, die es durch die erste Zone schaffen, schließt nur einer von zehn den Dungeon ab. Ein Abenteurer zu sein ist gefährlich." Während sie spricht, hält Elise Daniels Blick fest. Sie sagt zwar die Wahrheit, aber was Elise nicht erwähnt, ist, dass viele Abenteurer den Dungeon nicht aus freien Stücken beenden. Es gibt beträchtliche Reichtümer zu verdienen, wenn man die Dungeon-Monster ständig für ihre Manakristalle und andere fallen gelassene Gegenstände „züchtet". Reichtümer, die ein erfahrener Abenteurer mit minimalem Risiko erlangen kann.

„So schlimm?" Daniels Augen weiten sich, völlig eingenommen von Elise. Für einen Moment schleichen sich Bedenken ein, und er zweifelt an seiner neuen Zukunft und seiner Entscheidung, zu reisen, Abenteuer zu erleben, sein eigener Herr zu sein. Es ist ein kurzer Moment des Zögerns, der schnell beiseitegeschoben wird, da Daniel sich weigert, aufzugeben, bevor er überhaupt angefangen hat. „Ich danke dir. Für den Rat und das Zimmer. Und danke Mary für das Training."

Zufrieden, dass sie gewonnen hat, schenkt Elise Daniel ein freundliches Lächeln, bevor sie sich eilig auf den Weg macht, sich um ihre Schützlinge zu kümmern. Allein gelassen, macht sich Daniel auf den Weg in sein zugewiesenes Zimmer, um sich zu säubern und auszuruhen. Es war ein langer Tag, und morgen, so hat Litzburn versprochen, wird das eigentliche Training beginnen.

# Kapitel 4

Alles, wofür Daniel am Morgen Zeit hat, ist ein schnelles Frühstück, bevor er in die Trainingshalle eilt. Litzburn wartet schon und weist Daniel an, mit den anderen Trainierenden eine langsame Aufwärmrunde durch die Halle zu joggen. Der Rest des Tages verläuft nach dem gleichen Muster wie der Vortag: Gymnastik und Krafttraining für ein paar Stunden, bevor sie sich dem eigentlichen Programm widmen und auf den Gebrauch von Streitkolben und Schild konzentriert wird. Abgesehen von einer kurzen Mittagspause hat Daniel nur wenig Zeit, sich auszuruhen, weshalb er sehr dankbar für das Lunchpaket ist, das ihm Elise am Morgen aufgedrängt hat.

Am späten Nachmittag ist Daniel vom harten Training vollständig ausgepowert. Zahlreiche andere Trainees sind im Laufe des Tages gekommen und gegangen. Die meisten verbringen nur ein paar Stunden in der Halle, bevor sie wieder gehen, um sich anderen Aufgaben zu widmen. Nur wenige Trainees bleiben den ganzen Tag über. Jeder von ihnen erhält von Litzburn besondere Aufmerksamkeit für seinen jeweiligen Einsatz. Daniel ist auf eine kombinierte Bewegungs- und Schlagübung konzentriert und versucht, seine Füße, seinen Schild und seinen Streitkolben zusammen in Bewegung zu halten, sodass er Marys Ankunft nicht bemerkt.

„Halt!"

Mitten im Schwung angehalten, erstarrt sein Gegner und tritt zurück, um Abstand zwischen sich und Daniel zu bringen. Daniel erstarrt ebenfalls, sein Schild noch halb erhoben, um den Schlag zu blockieren. Der Schwung seines Streitkolbens wird angehalten. Daniel steht einen Moment lang wie erstarrt da, bevor er sich daran erinnert, noch von seinem Gegner wegzutreten, um einen sicheren Abstand zu schaffen. Erst dann schaut er zu Litzburn hinüber, der ihn mit einer Geste zu sich und Mary hinüberwinkt.

„Mach zehn Minuten Pause. Dann wirst du mit Mary Sparring machen", ruft Litzburn Daniel zu, bevor er sich von dem müden jungen Mann abwendet und zu den anderen Schülern hinübergeht.

Daniel unterdrückt ein Stöhnen und lässt sich in der Ecke der Trainingsfläche nieder, und vergisst dabei beinahe, einen Schluck Wasser zu trinken. Während er sich ausruht, starrt er auf seinen aktualisierten Skill-Bildschirm. Es ist der Zweite, der immer nach seinen Pausen erscheint.

### Skill-Steigerung
*Keulen (Basic): 37/100 (+3)*

### Skill-Steigerung
*Schilde (Basic): 11/100 (+5)*

*Ich lerne ziemlich schnell,* denkt Daniel, während er den Skill-Bildschirm wieder ausblendet. *Das kommt wohl vom richtigen Trainer und dem Trainingsplatz.*

Selbst mit seinen ungeübten Sinnen kann Daniel die Skill-Steine spüren, die im Gebäude verteilt sind und ihm helfen, schneller zu lernen, auch wenn Litzburn seine Fehler trotzdem noch mit seinem kritischen, erfahrenen Blick korrigieren muss. Trotz allem spürt er Besorgnis in sich aufsteigen beim Gedanken, tatsächlich mit Mary zu trainieren. Er kann sich vorstellen, dass sie wesentlich erfahrener sein wird.

*Verdammt noch mal. Hör auf, dir Sorgen zu machen. Sie wird dich nicht verletzen. Trink noch etwas*

*Wasser und leg los.* Sich selbst schimpfend, drückt sich Daniel vom Boden hoch und geht wieder über das Wasserfass, bevor er sich der wartenden Senior-Abenteurerin nähert.

Mary trägt fast dieselbe Kleidung wie gestern - eine einfache weiße Bluse mit einer schwarzen Spitzenweste und eine enge, braune Hose, die ihren schlanken Körper betont. Ihr Schwert ist an ihrer rechten Seite befestigt und immer noch in der Scheide, in ihrer linken Hand hält sie ein Trainingsschwert. Sie mustert Daniel kritisch mit ihren hellblauen Augen, bevor sie ihn zum Trainingsplatz winkt und ihm dann folgt.

Ein kurzer Gruß wird ausgetauscht, und sofort kauert Daniel hinter seinem Schild, seinen Streitkolben eng an seiner Hüfte haltend, während er sie umkreist und nach einer Chance zum Angriff sucht. Mary dreht sich um und verlagert das Gewicht ihrer Klinge nur leicht, um einige ihrer ungeschützten Winkel zu verdecken, bis Daniel sich nach vorne stürzt und zum Angriff ansetzt. Mit einer knappen Bewegung wird der Angriff abgewehrt, und Mary erwidert mit einem auf Daniels Schulter gerichteten

Gegenangriff, dem er gerade noch durch hastiges Zurückspringen ausweichen kann. Daniel kommt wieder auf die Beine und arbeitet daran, seine Nerven zu beruhigen, da Mary mit ihren minimalen Bewegungen einschüchternd auf ihn wirkt. Wieder beginnt er sich vorwärts zu bewegen, diesmal versucht er es mit einem Schlag über sein Schild hinweg. Mary fängt seinen Streitkolben mit einem lässigen Block ab und als Daniel sich erholt, trifft sie ihn mühelos an seinem Oberarm.

Er knurrt und versucht es mit einem weiteren Angriff, der ebenso schnell und sauber abgewehrt wird, bevor ihre Worte ertönen. „Hör auf, dich vor jedem Angriff zu ducken."

Das Sparring geht mit kurzen Pausen noch eine Stunde lang weiter, was Mary nutzt, um seine Haltung und Angriffe zu korrigieren. Nicht ein einziges Mal landet er auch nur annähernd einen Treffer gegen sie, jeder Angriff wird lässig mit einer Handbewegung oder einer Drehung des Ellbogens abgewehrt. Nach jedem gezielten Angriff holt Mary zu einem einzigen Gegenschlag aus und zwingt Daniel dazu, abwechselnd zu blocken oder auszuweichen.

„Halt!“, sagt sie. Daniel hält inne und tritt einen Schritt zurück, um sich vor einem Gegenangriff in Sicherheit zu bringen, bevor er seine müden Arme senkt.

„Gut. Wir sind fertig. Wir werden morgen daran weiterarbeiten, worüber wir gesprochen haben. Wir sehen uns dann zum Abendessen im Top.“ Mit diesen Worten und einem letzten Gruß dreht sich Mary um und verlässt das Trainingsgelände mit großen Schritten. Daniel seufzt, als er sie gehen sieht und fühlt sich etwas niedergeschlagen, weil er keinen einzigen Treffer landen konnte. Bevor er anfangen kann, zu mürrisch zu werden, landet eine Hand auf seiner Schulter.

„Mach dir nichts draus. Selbst erfahrene Abenteurer hatten es schwer, einen Treffer bei ihr zu landen - und das war, bevor sie das erste Mal den Dungeon betrat und auflevelte. Dieses Mädchen, ihre Fähigkeiten ... das ist nicht normal. Du hast dich gut geschlagen für dein erstes Mal.“ Kichernd schiebt Litzburn den erschöpften Daniel in Richtung der Regale. „Zieh dich am besten um und geh; sie hasst es, wenn man sie warten lässt.“

***

Im Top winkt Mary Daniel zu ihrem Tisch hinüber, wo bereits eine Mahlzeit auf ihn wartet. Dankbar nimmt Daniel Platz. „Hmm ... also, danke für heute."

„Schon gut. Und jetzt iss. Du hast es nötig." Sie zeigt auf sein Essen, bevor sie fortfährt. „Was weißt du über den Dungeon in Karlak?"

Daniel ist hin- und hergerissen, ob er essen oder der Abenteurerin antworten soll, weshalb er schnell kaut und schluckt, bevor er antwortet. „Es ist ein Anfänger-Dungeon, also für diejenigen geeignet, die gerade als Abenteurer anfangen. Es gibt zehn Level, wobei die Monster mit jedem Level stärker werden. Der Dungeon gilt als äußerst geeignet für Nahkämpfer, die gerade anfangen und ... ähm ... das war's dann auch schon."

„Also, eigentlich weißt du nichts. Weißt du, was für ein Dungeon das ist? Welche Monster sich im ersten Sektor vermehren? Weißt du überhaupt etwas über Sektoren? Wie sieht es mit der Anzahl der Mobs aus, die man pro Level

---

erwarten kann? Wer ist der Dungeon-Boss? Welche Art von Waffen sind am besten geeignet? Warum sind Nahkämpfer am besten für diesen Dungeon geeignet?" Mary feuert eine Frage nach der anderen auf Daniel ab, wobei sie mit ihrer Gabel herumfuchtelt, während sie spricht.

Daniel hört bei ihren Worten auf zu kauen und versinkt ein wenig in seinem Stuhl, als ihm klar wird, wie unvorbereitet er in Wirklichkeit ist. Als sie seine Reaktion sieht, lenkt Mary ein wenig ein.

„Ist schon gut. Das ist nur ein typischer Anfängerfehler. Recherchiere einfach das nächste Mal, in Ordnung?" Mary wartet auf Daniels verlegenes Nicken, bevor sie sich nach vorne beugt und ihm in die Augen schaut. „Nahkämpfer haben einen schlechten Ruf, weil sie nie ihren Kopf benutzen. Es gibt keinen Grund, diesen Ruf weiter zu fördern. Vorherige Recherche über einen Dungeon ist das, was die Profis von den Toten trennt."

Sie hält inne, um ihren Standpunkt zu betonen und sicherzugehen, dass Daniel ihn sich einprägt, und fährt fort, ihre vorher gestellten

Fragen zu beantworten. „Es ist allgemein bekannt, dass Dungeons ein Weg für Erlis ist, sich von der Verderbnis zu reinigen, die Ba'al in die Manaströme entlässt. Die Monster, die in einem Dungeon erschaffen werden, sind den verschiedenen Dienern von Ba'al nachempfunden, obwohl sie nicht wirklich 'leben'. Das ist der Grund, warum sie die Dungeons nicht oft verlassen und wenn sie es tun, brechen die meisten nach kurzer Zeit zusammen. Natürlich hat ein Dungeon, der nicht regelmäßig von Monstern gesäubert wird, keine andere Wahl, als diese Monster zu stärken, was ihnen schließlich genug Kraft gibt, den Dungeon zu verlassen. Mit der Zeit kann ein unkontrollierter Dungeon zur Quelle von Ba'als Verseuchung werden, was zu Tragödien wie den Verlassenen Landen führt. Als Abenteurer sind wir natürlich vor allem um die Manakristalle besorgt – die Saat, die Erlis benutzt, um die Monster zu erschaffen, und unsere Haupteinnahmequelle.

Es gibt zwei Arten von Dungeons – die permanenten Dungeons, wie die in Karlak und der Hauptstadt Warbis, und die temporären

Dungeons, die zufällig erscheinen. Permanente Dungeons ändern nur selten ihre Gesamtstruktur und halten oft jahrelang an ihren Etagen und den Monstern fest. Es gibt zwar kleinere Änderungen im Design und bei den Fallen, aber die Gesamtstruktur eines permanenten Dungeons bleibt gleich und daher werden sie oft als *sicherer* angesehen als temporäre Dungeons.

Temporäre Dungeons, oder Instanzen, sind selten. Sie erscheinen an Orten, an denen sich Mana und Ba'als Korruption angesammelt haben und sind von Natur aus extrem chaotisch. Monster und Layouts können sich von einer Reise zur nächsten erheblich verändern, was es extrem gefährlich macht, sie zu reinigen. Da sie jedoch aus korrumpierten Manaquellen gebaut werden, die sich vorübergehend angesammelt haben, halten diese Dungeons oft nicht länger als ein paar Durchgänge."

Nachdem Daniel seine Mahlzeit beendet hat, legt er seine Utensilien ab und hört still dem Vortrag zu. Es ist angenehm, sich nicht zu bewegen und zuzuhören, denn die Informationen, die sie vermittelt, sind wichtig, auch wenn ihm manches davon schon bekannt ist. Im Sitzen kann Daniel spüren, wie sich sein Körper bereits erholt und jene Kraft zurückgewinnt, die er im Laufe des Tages verloren hat.

„Jetzt, da die Abenteuergilde der Einfachheit halber jeden Dungeon in Sektoren unterteilt hat, reicht ein Sektor von einer bis zu zehn Etagen. Die Sektoren sind aufgrund der Art der Monster, der Fallen und des Layouts der Etagen gruppiert. Am Ende eines jeden Sektors kann es Sektorbosse geben – Monster, die deutlich stärker sind als der durchschnittliche Mob, dem man bereits begegnet ist. Sie sind nicht einmal notwendigerweise ein ähnliches Monster wie die, denen du auf dieser Etage begegnest, obwohl die meisten Dungeons sich an ein Thema in irgendeiner Form halten. Das ist zwar nicht immer der Fall, aber im Fall von Karlak schon.

In Karlak gibt es drei Sektoren, die aus jeweils drei Etagen bestehen. Die zehnte Etage ist keine echte *Etage*, sondern ein einzelner Raum mit dem Endboss-Monster des Dungeons. Der erste Sektor im Dungeon von Karlak wird von

Kobolden bewohnt. Sie bewegen sich in Gruppen mit maximal drei Kobolden auf der dritten Ebene, aber auf der ersten Ebene wirst du höchstens auf zwei von ihnen treffen, und selbst das ist höchst unwahrscheinlich."

Sie hält einen Moment inne, nimmt einen Schluck aus ihrem Krug und Daniel nutzt den Moment, um eine Frage zu stellen: „Wie sind sie denn so?"

„Kobolde?" Einen Moment lang zermartert sich Mary das Hirn und versucht, sich an das Aussehen der Kreatur zu erinnern. Es ist viele Jahre her, seit sie selbst gegen einen solchen gekämpft hat. „Klein — etwa 90 bis maximal 120 Zentimeter groß. Extrem dünn, sehr schnell, mit verlängerten Ohren und blassgrauer Haut, weil sie so lange unter der Erde gelebt haben. Sie tragen selten viel Rüstung und in der ersten Stufe schwingen sie einen dolchähnlichen Gegenstand, obwohl einige Schleudern für Fernkampfangriffe tragen. Alles in allem sind sie der perfekte Mob für Anfänger im Nahkampf."

Daniel nickt dankend, und da er keine weiteren Fragen hat, fährt Mary fort. „Aufgrund der starken Verbreitung der Kobolde in den ersten paar Ebenen sind die Gänge in vielen Bereichen klein und beengt. In den ersten paar Levels gibt es zahlreiche Seitentunnel, in denen es keine sicheren Zonen zum Heilen gibt. Große Waffen, wie ein Speer oder ein Hammer", sie blinzelt ihm mit einem kurzen Lächeln zu, bevor sie fortfährt, „sind aufgrund des Platzmangels nicht ratsam. Alle Abenteurer sollten aufgrund des Layouts einen Ersatzdolch für den Nahkampf mit sich führen, und man sollte jederzeit mit möglichen Überraschungsangriffen rechnen."

Als sie den Mund öffnet, um ihren Vortrag fortzusetzen, wird sie von ihrer Schwester Elise unterbrochen, die von einem kleinen Jungen in einer zerlumpten Tunika begleitet wird, der bestenfalls acht Jahre alt sein könnte. „Entschuldige bitte, Mary, aber der junge Pierson muss mit Daniel sprechen."

Der Junge drängt sich ungeduldig vor und legt eine Hand auf Daniels Arm: „Sir, Charles erwähnte, dass Sie ihn geheilt haben. Sie haben ihn gut geheilt, als er verletzt war." Auf Daniels Nicken hin fährt er eilig fort: „Bitte, kommen Sie mit und heilen meine Mutter?"

# Kapitel 5

Als er Pierson durch die hell erleuchteten Straßen von Karlak folgt, fällt Daniel auf, dass dies sein erster Streifzug durch die Stadt bei Nacht ist. Alte Erzählungen über die Gefahren der Stadt lassen Daniels Griff um seinen Hammer auf- und zugehen. Was er nicht weiß, ist, dass Karlak eigentlich eine sehr sichere Stadt ist, denn Wachen patrouillieren routinemäßig durch die Straßen und halten Ausschau nach Ärger. Regelmäßige Störenfriede wurden dazu verurteilt, im Dungeon zu arbeiten und eine bestimmte Anzahl von Manasteinen zu sammeln, bevor sie wieder entlassen wurden. Störenfriede und Diebe starben entweder im Dungeon oder wurden nach ihrer Strafe zu Abenteurern, da die Arbeit einfacher und planmäßiger war als alles, was sie draußen tun konnten.

Leider weiß Daniel nichts davon, und er dreht ständig den Kopf herum und späht nervös in die Schatten von Gassen und Türöffnungen, an denen sie vorbeigehen mit der Erwartung, jeden Moment ausgeraubt zu werden. Nur Piersons Worte lenken ihn von seinem Zwang ab. „Sie können meine Mutter heilen, richtig, Sir? Bitte?"

„Ich werde mein Bestes tun", verspricht Daniel zögernd, denn er weiß, dass auch seine Gabe Grenzen hat. Sicherlich nicht stark, aber die Kosten sind gestiegen. Dennoch lenkt das Gespräch seine Gedanken von den vermeintlichen Gefahren der Nacht ab, als sie das Stadtzentrum verlassen.

„Charles sagte, Sie haben ihn lebendig zurückgebracht. Meine Mutter ist nicht tot. Sie können sie also heilen", fährt das Kind fort und zieht an Daniels Hand, um ihn zum zügigeren Weitergehen zu animieren.

„Er war nicht tot ..." Als Daniel merkt, dass er den Namen des Kindes vergessen hat, bricht er ab. Stattdessen wechselt er das Thema, bevor Pierson fortfahren kann. „Sind wir auf dem Weg zu deinem Haus?"

„Nein. Wir gehen in die Klinik!"

Sogar Daniel kann die aufgeregte Betonung in der Stimme des Kindes hören, was ihn dazu zwingt, nachzufragen. „Die Klinik?"

„Ja, da gehen wir alle hin. Die Armen. Kyra behandelt uns alle." Pierson gibt sein Wissen freudig an den Erwachsenen weiter. „Sie ist wirklich hübsch, aber sie lässt mich nie etwas

Süßes essen. Und sie hat gesagt, dass sie meiner Mama nicht helfen kann ... aber Sie können es! Also sind Sie besser."

„Kind ..." Daniels Stimme verhallt und er schüttelt den Kopf. Es hat keinen Sinn zu versuchen, ihn umzustimmen und die Hoffnung des Kindes zu zerstören – zumindest noch nicht. Stattdessen stellt er eine weitere Frage. „Wer ist Kyra? Ist sie eine Heilerin?"

„Ja, die Beste. Na ja, abgesehen von Ihnen. Mama sagt, sie hat vor Jahren eine Klinik eröffnet und seitdem behandelt sie jeden, auch wenn man arm ist. Sie sagt nie nein, aber es ist langweilig, dorthin zu gehen, denn es sind immer Leute da", erklärt Pierson.

Viele der von Pierson vermittelten Informationen sind für Daniel nicht besonders überraschend. Heiltränke und -zauber waren als Materialien sehr teuer, und erfahrene User waren äußerst selten. Heiler wagten sich nur selten in die Dungeons, um schneller Erfahrung zu sammeln, was bedeutete, dass sie nur durch Übung ihres Handwerks um weitere Level aufsteigen konnten. Unglücklicherweise hatten die meisten Skills einen abnehmenden

Erfahrungsgewinn, wenn die gleiche Aktion immer und immer wieder ausgeführt wurde - was Heiler natürlich meistens taten. Es gab nichts wirklich Neues zu lernen, wenn man sich zum hundertsten Mal mit einer Erkältung beschäftigte. Mächtige Heilzauber verbrauchten viel Mana, und da es bis zu acht Stunden dauerte, bis sich ein Manapool wieder füllte, hatte das einfache Volk nur selten Zugang zu mächtigen Heilzaubern.

Die Seltenheit von Heilern ist ein Grund warum Miles, der Minenaufseher, und viele seiner Bergarbeiterkollegen versucht hatten, Daniel davon zu überzeugen, im Minenlager zu bleiben oder zumindest seine Gabe nicht zu verschwenden und sich zum Heiler ausbilden zu lassen. Daniels Heilergabe war selten und mächtig, zumal sie auf seine Erfahrung und Energie beruhte und somit eine von seinem Mana getrennte Energiequelle war. Daniel hätte ein wahrhaftiger Wunderheiler werden können, der in der Lage war, mit zwei Formen von Energie zu heilen - zusammen mit eher weltlichen Skills. Selbst der königliche Heiler war dafür bekannt, dass er nur sehr wenig tatsächliche magieunterstützte Heilung durchführte, da er sein Mana für den Fall eines plötzlichen Bedarfs an seinen Fähigkeiten aufbewahren musste.

Dennoch ist die Tatsache, dass es in Karlak einen Ort gibt, an dem die Armen eine Form der Heilung finden können, so überlastet und überfüllt er auch sein mag, eine Überraschung. Daniel kann nicht umhin, sich zu fragen, was für ein Mensch diese Kyra war. Alle müßigen Gedanken haben ein Ende, als sie endlich an der Klinik ankommen. Draußen hängt ein verwittertes Schild mit dem universellen Symbol der Heilung – einem gekreuzten Paar Hände mit gezackten Linien, die von den Händen ausgehen und eine Aura anzeigen. Das zweistöckige Gebäude selbst erstreckt sich über zwei Grundstücke und ist bei weitem das gepflegteste Gebäude in der Nachbarschaft mit voll funktionsfähigen Fenstern und Türen, auch wenn offensichtliche Anzeichen von Abnutzung und diverse Flickarbeiten sichtbar sind.

Pierson hält nicht einmal inne, bevor er die Tür aufstößt, dicht gefolgt von Daniel. Im Inneren ist das, was wie ein Wartezimmer aussieht, mit den ärmeren Bewohnern von Karlak gefüllt, die auf eine Behandlung warten. Nur wenige machen sich die Mühe, von ihren Sitzen aufzublicken, als das Kind und Daniel eintreten, zu sehr sind sie in ihren eigenen Gedanken versunken. Die Beschwerden reichen von einfachen offenen Wunden, die genäht werden müssen, über gebrochene Knochen bis hin zu schwerwiegenden Krankheiten. Pierson beachtet die Menschen nicht weiter, stattdessen eilt er zum hinteren Korridor und führt Daniel die Treppe hinauf in ein Zimmer im zweiten Stockwerk.

Im Zimmer liegt eine erstaunlich junge Frau, die vor sich hinsiecht. Das Gesicht von Piersons Mutter ist gezeichnet von ihrer Krankheit, jegliches überschüssiges Fett fehlte, und was wohl einst ein schönes Gesicht gewesen war, ist jetzt schmerzverzerrt. Durch den Raum dringt ein widerlicher Gestank von Eiter und anderen Exkrementen, was Daniel zum Würgen bringt.

„Mama, ich habe ihn mitgebracht. Du wirst wieder gesund. Er wird dich heilen." Piersons Stimme dringt zu Daniel durch, während er auf die kränkliche Gestalt zugeht. Eine seiner Hände landet auf der Schulter der jungen Frau, damit er seine Gabe aktivieren kann.

*Oh, so sieht es also aus, wenn es fortgeschritten ist. Keiner der Männer, die ich im Camp behandelt habe, hat es jemals so weit kommen lassen, bevor sie mich besucht haben.* Seine Augen bleiben auf ihrer Leistengegend haften, während er die Spuren der Infektion verfolgt, die sich nach außen ausbreiten und in ihren Körper eindringen. Er spürt die erhöhte Temperatur, und wie ihr Körper gegen die Infektion ankämpft und versagt. *Sie wird in ein paar Tagen tot sein, wenn ich nichts tue.*

„Worauf warten Sie noch? Fangen Sie an. Heilen Sie sie." Beinahe stampft Pierson vor Ungeduld mit den Füßen auf und stößt gegen Daniels Bein. Dann liegt eine Spur von Angst in seiner Stimme, als er merkt, wohin der junge Abenteurer schaut, und die Stimme des Kindes beginnt zu zittern. „Sie werden sie doch nicht etwa nicht heilen, oder? Weil sie eine ... eine ... Hure ist?"

Erschüttert von der Stimme des Kindes, reißt sich Daniel von der Mutter los und sieht

Pierson an. „Das ist es nicht, Junge. Ich musste nur erst wissen, was ich da heile. Meine Magie ist nicht wie die der anderen ... Ich muss erst verstehen, was ich heilen werde, bevor ich es tun kann. Sie ist zu schwach, um ihre eigene Energie zu nutzen. Wir müssen erst ihre Temperatur senken, dann können wir die Infektion aus ihrem Körper entfernen. Danach müssen wir die Wunden schließen, damit sie nicht wieder infiziert wird." Mit einem tiefen Atemzug streckt Daniel seine Hand aus, um sie auf den Kopf der fiebernden Frau zu legen, während er sich hinkniet. „Pierson, das wird eine Weile dauern. Mach dir also keine Sorgen, wenn nichts zu passieren scheint, ich werde es bei deiner Mutter langsam angehen müssen."

Als er zu Ende gesprochen hat, ruft Daniel seine Gabe auf und schickt sie in die kranke Frau hinein, indem er seine Energie jeweils nur ein kleines bisschen in ihren Körper einfließen lässt. Er lässt sie langsam fließen, lässt sie ihren Körper füllen, ohne zu versuchen, sie zu lenken. Die Energie leuchtet entlang der Leitbahnen ihres Körpers auf, bei ihrem Kopf beginnend abwärts. Während seine Energie sie füllt, entspannt sich ihre Atmung und ihr Herzschlag beruhigt sich unter dem passiven Einfluss seiner Gabe. Als er schließlich bereit ist, beginnt er, die Energie aktiv zu manipulieren und arbeitet daran, ihren überhitzten Körper zu kühlen, bevor er mit dem langwierigen Prozess beginnt, ihren Körper von den Giften, welche ihr Blut durchseuchen, und der Infektion, die es verursacht, zu befreien.

Die Heilung ist nicht einfach; jeder Moment ist ein Opfer. Er spricht nicht über den Preis, den der Einsatz seiner Gabe bei anderen für ihn bedeutet, obwohl sein Großvater und ein paar andere es schon vor langer Zeit vermutet haben. In Brad glaubte man, die Gabe sei von Erlis selbst gesegnet, woanders galt sie als Fluch, der von Ba'al für den Tribut, den jede Gabe von ihren Benutzern forderte, auferlegt wurde. In Wahrheit wusste niemand, woher die Gabe kam. Wie alle Gaben, hatte auch Daniels einen Preis, und seine riss mit jedem Moment der Anwendung Wissen und Erfahrung von ihm ab. Wissen über vergangene Erlebnisse, vergangene Gespräche, Trainings und Erfahrungen, die aus seinem Körper gezogen wurden.

Stunden später öffnet Daniel seine Augen und versucht aufzustehen, indem er sich gegen das Bettgestell drückt. Die Beine, die seit Stunden in einer einzigen Position fixiert waren, können das Gewicht, das auf ihnen lastet, nicht sofort halten, und Daniel stolpert nach vorne, wobei er von einer entgegenwirkenden Hand davon abgehalten wird mit seiner Patientin zusammenzustoßen.

„Danke", krächzt Daniel, während er immer noch leicht schwankt. Schnell wird er von seiner unerwarteten Helferin, einer fülligen älteren Dame, zu einem Sitzplatz geführt.

„Nein, ich danke Ihnen. Ohne Sie wäre Peony tot." Die alte Dame führt ihn zu einem Warteplatz, bevor sie sich wieder ihrer Aufgabe zuwendet, die Patientin zu säubern. Erst da bemerkt er, wie viel schlimmer der Raum jetzt stinkt. Alle Gifte und Infektionen sind von Peonys Körper in den Raum ausgetreten und haben einen wahrhaft entsetzlichen Gestank erzeugt, gegen den nicht einmal ein offenes Fenster helfen kann.

„Ich hoffe, Ihre Arbeit ist sonst nicht so geruchsintensiv wie das hier", fährt die alte

Dame fort, während sie die geheilte junge Frau vorsichtig wäscht.

Daniel grinst schwach, bevor er seinen Durst mit einem Glas Wasser löscht. Es ist eine Ewigkeit her, dass er so viel Kraft auf eine einzige Person verwendet hat, selbst die Heilung von Charles war einfacher als die Entfernung der Krankheit, die Peonys Körper verwüstet hatte. Trotzdem kann er nicht anders als zu lächeln, während er beobachtet, wie die junge Frau sich ausruht und Pierson sich am Fußende ihres Bettes zusammengerollt hat und schläft. Während er über seine Arbeit nachdenkt, schreitet eine weitere Gestalt in den Raum, bei der ihm beinahe die Kinnlade herunterfällt. Eine Elfe!

Da Daniel noch nie eine echte Elfe gesehen hat, starrt er sie mit unverhohlener Ehrfurcht an. Die Elfe ist groß, trägt ein einfaches grünes Gewand, das ihren schlanken Oberkörper über einer fülligen Brust umschließt, und ihr hüftlanges, blondes Haar fällt hinter ihren langen, spitzen Ohren nach vorn. Die Elfe bewegt sich mit geschmeidiger Anmut zu Piersons Mutter, eine zarte Hand bewegt sich in mysteriösen Gesten, während sie den Zustand der Patientin überprüft. Zufrieden wendet sich die blonde Elfe an Daniel, der es endlich geschafft hat, seinen Mund zu schließen und aufzustehen.

„Ich bin Daniel. Und du bist wohl Kyra?" Er bietet seine Hand zum Schütteln an, die von ihr prompt ergriffen wird. Ihre Haut ist erstaunlich weich und glatt, ein starker Kontrast zu seinen eigenen rauen und schwieligen Händen.

„Khy'ra", korrigiert sie seine Aussprache beiläufig und erwartet nicht, dass er es richtig ausspricht, während sie sich wieder zu Piersons Mutter dreht. „Deine Gabe, sie ist unglaublich. Sie entspricht mindestens einem Heilungszauber Level 4, vielleicht sogar 5. Kannst du sie heute erneut einsetzen?"

„Irgendwie vielleicht. Das hat mich viel Kraft gekostet ...", während er spricht, trifft er auf den enthusiastischen Blick von Khy'ra, die verständnisvoll nickt. Funkelnd grüne Augen treffen seine eigenen, und Daniels Ausreden bleiben in seinem plötzlich trockenen Mund stecken. „Vielleicht ein bisschen."

„Gut. Ich bin keine gute Heilerin; ich kenne nur einen einzigen Level-3-Zauber, also kann ich nicht viel für diese Leute tun. Es gibt noch ein paar andere, die ich dir gerne zeigen würde, wenn du einwilligst?" Sie wirft einen flehenden Blick in Daniels Richtung, der seufzt und sich damit tröstet, dass dies bedeutet, dass er noch mehr Zeit mit dem schönen Geschöpf verbringen wird.

„Ich werde tun, was ich kann."

„Ausgezeichnet!" Sie drückt seinen Arm an ihre volle Brust, bevor Khy'ra Daniel aus dem Raum zieht, um ihre anderen Patienten zu besuchen und beginnt bereits, die vielen Probleme aufzuzählen, mit denen sie konfrontiert sind. Hinter ihnen bleibt die füllige alte Frau allein zurück und lächelt dem abreisenden, von Charme eingenommenen jungen Mann leicht zu.

# Kapitel 6

Die darauffolgenden Tage verlaufen für Daniel nach dem gleichen Muster wie der Vortag. Ein frühes Frühstück im Top, gefolgt von einem Training mit Litzburn in der Halle. Am späten Nachmittag trainiert Daniel mit Mary den Boxkampf, bevor er sich zum Abendessen mit ihr und einem Vortrag über die Grundlagen des Abenteuersports zurückzieht. Sobald das Abendessen vorbei ist, wird er von einem dankbaren Pierson in die Klinik begleitet, wo er neben dem wenigen Personal arbeitet und seine Heilfähigkeiten, Zaubersprüche und gelegentlich auch seine Gabe einsetzt, um die Warteschlange zu verkürzen. Die Schlange in der Klinik scheint nie kürzer zu werden, egal wie viel er tut, aber die Arbeit selbst fühlt sich lohnend an.

Jeder Tag ist vollgepackt, jeder Morgen ein Kampf, da Litzburn ihn zurechtweist, wenn er einen Teil dessen vergessen hat, was er am Vortag gelernt hat, den willigen Abenteurer aber immer weiter anspornt. Am vierten Tag des Trainings schafft er es endlich, Mary von ihrem festen Platz zu bewegen – ihre lässigen Blockaden reichen nicht mehr aus. Am sechsten Tag, nachdem er eine Abfolge von Schlägen ausgeführt hat, bringt er sie dazu, sich mehr zu bewegen und auch an Geschwindigkeit zuzulegen. Am siebten Tag gelingt ihm schließlich der Durchbruch.

***Level-Aufstieg!***
*Abenteurer Level 2*
*Du hast 5 Attributspunkte und 1 Skillkenntnis gewonnen.*

Die Level-Aufstiegs-Benachrichtigung verschwindet und lässt einen auf dem Boden liegenden Daniel zurück, der sich den schmerzenden Kiefer reibt. Der Level-Aufstieg hatte ihn unvorbereitet erwischt und für einen entscheidenden Moment abgelenkt, was zu einem Schlag führte, den er vergaß, richtig abzublocken. Trotzdem kann er sich sein Lächeln nicht verkneifen. Sicher, das erste Level war nach einem Klassenwechsel immer leichter zu erreichen, aber innerhalb einer Woche!

Mary steht über Daniel gebeugt, reicht ihm die Hand und murmelt: „Glückwunsch.“

„Ich danke dir. Dir und Litzburn. Das wird mir sehr helfen", sagt Daniel, während er sich hochziehen lässt.

„Das ist dein Verdienst." Mary lächelt und klopft ihm auf die Schulter. „Für heute sind wir fertig. Nach dem, was Litzburn sagt, bist du morgens zwar eher nutzlos, aber du arbeitest hart. Du solltest den Abend damit verbringen, dir zu überlegen, wo du deine Punkte einsetzen willst. Ich gehe heute Abend mit Elise und Charles essen, weil ich morgen abreise."

Daniel nickt und ist ein bisschen ungeduldig, weil er seinen Status-Bildschirm genauer überprüfen will. Es war eine so arbeitsreiche Woche, dass er keine Zeit hatte, ihn richtig durchzusehen, aber er kann die Bedeutsamkeit ihrer Worte durchaus nachvollziehen. Immerhin geht er morgen zum ersten Mal in den Dungeon. „Danke nochmal."

„Daniel, deine Gabe – nimm sie nicht als selbstverständlich hin. Die meisten anderen müssen langsam anfangen, sich beim Apotheker Heiltränke kaufen, und wenn ihnen diese ausgehen oder sie zu schwer verletzt sind, müssen sie den Dungeon verlassen, bis sie geheilt sind. Das musst du aber nicht. Es ist allerdings ein zweischneidiges Schwert, denn du könntest dich zu sehr darauf verlassen. Überanstrenge dich einfach nicht. Das gilt auch für die Klinik", fügt Mary hinzu. Sie hat noch nicht gefragt, was ihn seine Gabe kostet, aber es war allgemein bekannt, dass es in irgendeiner Form seinen Preis hatte. Seine Leistung am Morgen hat ihr eine Ahnung gegeben, aber es war ein Geheimnis, das er für sich behalten wollte. Während sie sich unterhalten, führt Mary ihn in die Ecke, wo sie ihm ihr Trainingsschwert übergibt, damit er es wegräumen kann. Die Protokollführerin kommt zurück, nachdem er ihr Trainingsschwert an seinen speziellen Platz in der Waffenkammer gelegt hat, gemeinsam mit einem echten Streitkolben, den sie ihm mit einem Nicken abnimmt. Mary wendet sich dann an Daniel und bietet ihm den Streitkolben an. „Das ist das Letzte, was ich für dich tun kann, Daniel. Der Rest liegt in deiner Hand."

Daniel nimmt ihn und murmelt ein Dankeschön, während er den Streitkolben hochhebt und genauer betrachtet.

### Stahlstreitkolben

*Schaden: 3 - 7 + .5 Stärke + 2 Qualitätsbonus*
*Beständigkeit: 50 / 50*
*Gegenstandsklasse: Allgemein*
*Qualität: Gut (+2 Bonus auf Schaden)*

Daniel kann nicht anders, als die Waffe zu bewundern, sie ist die schönste, die er je besessen hat, bevor er schließlich den Streitkolben durch eine Schlaufe in seinem Gürtel schiebt: „Ich habe letzte Nacht mit Khy'ra gesprochen. Ich werde sie ab und zu besuchen, aber ich werde nicht mehr jeden Tag dort sein. So gerne ich auch helfen würde, ich kann das nicht ständig tun. Sie versteht das. Mary, all das – das Training, der Streitkolben, die Ratschläge, wie kann ich dir jemals dafür danken?"

„Das brauchst du nicht. Ich breche morgen nach Starhaven auf. Mein Team wartet auf mich, und ich muss zurück. Wenn du jemals in Starhaven bist, spendier mir zum Dank einen Drink, wenn es sein muss. Komm nur nicht zu schnell." Mary lächelt daraufhin leicht und klopft ihm noch einmal auf die Schulter, bevor sie sich zum Gehen wendet. Daniel versteht ihre Botschaft – Starhaven hat nur Dungeons der Expertenstufe und war kein Ort für einen unerfahrenen Abenteurer wie ihn. Zumindest noch nicht.

***

Nach einem eiligen Abendessen liegt Daniel im Bett und überlegt, was er mit seinen neuen Attributspunkten und Skillkenntnissen anfangen soll.

5 Attributspunkte und 1 Skill sind zuzuordnen. Im Gegensatz zu seiner vorherigen Klasse als Bergmann war die Abenteurer-Klasse großzügiger bei der Vergabe von Attributspunkten. Kraft, Beweglichkeit und Verfassung waren der Schlüssel für seine Bedürfnisse als Nahkämpfer, aber es waren seine Intelligenz und Willenskraft, die seinen Skill der Heilung bestimmten. Er runzelt kurz die Stirn und beschließt, ein paar zusätzliche Punkte in Beweglichkeit und je einen Punkt in Verfassung, Intelligenz und Willenskraft zu stecken. Für den Moment war er stark genug.

Nachdem er das getan hat, ruft er seinen Skillkenntnis-Baum auf und starrt auf die neuen Optionen, die ihm zur Verfügung stehen. Das ganze Training hat seine Fähigkeiten in Schild, Ausweichen, Waffenloser Kampf und Keule verbessert und ihm mehr Möglichkeiten gegeben, als er zu nutzen wusste. Während er in jedem Skill an Fähigkeiten gewann, wurden neue Skills verfügbar, die es ihm erlaubten, die jeweiligen Grundfähigkeiten zu verbessern. Dies galt auch für seine Heilungsfertigkeit, die sowohl alltägliche Optionen wie Erste Hilfe als auch auf höheren Leveln mächtige Heilungszauber bietet. Unsicher darüber, was er tun soll, beschließt Daniel, sich seine Fähigkeiten noch einmal anzusehen und über seine Optionen nachzudenken.

Ein Upgrade seines kleinen Heilungszaubers würde die Manakosten reduzieren und die Menge der Heilung leicht erhöhen. Das wäre eine gute Option sowohl für die Klinik als auch für den Dungeon. Allerdings hat er die Unterstützung durch seine eigene Gabe, die für den Moment ausreichen sollte, also verwirft er diese Option.

Was die Verteidigung betrifft, so könnte er den Harten Block erlernen, der ihm die Möglichkeit bietet, die Waffe des Gegners beiseite zu schlagen und möglicherweise auf der Angriffslinie zu kontern. Ein wirklich erfolgreicher Harter Block könnte einem Gegner sogar schaden oder ihn entwaffnen. Auf der anderen Seite würde Taumeln unter Ausweichen ein effizienteres Mittel darstellen, um großen Angriffen oder Gruppen aus dem Weg zu gehen, obwohl Macht ein passives Skill war, das ihm die Möglichkeit bot, Schlägen um wenige Zentimeter auszuweichen, ohne nachzugeben. Daniel wusste, dass Mary diese Option bevorzugte, da sie ihr erlaubte, sich auch gegen die stärksten Gegner zu behaupten. Macht war ein Skill, das besonders für kleinere, leichtere Abenteurer nützlich war, aber nach reiflicher Überlegung verwarf Daniel diese. Sie passt einfach nicht zu seinem Kampfstil, zumal er beabsichtigt, sich auf den Gebrauch eines Schildes zu spezialisieren, sobald er sich einen leisten kann.

Das Duellieren von Kampfsinn würde ihm einen Bonus auf Treffer und seinem Skill für

Kritische Treffer geben, wenn er gegen einen einzelnen Gegner kämpft, aber da er ein Solo-Abenteurer ist, wären mehrere Mobs irgendwann garantiert. Obwohl Daniel zu diesem Zeitpunkt weder Schild noch Rüstung besitzt, hat er mehr Trefferpunkte als die meisten beginnenden Abenteurer, da er seine Karriere später als die meisten von ihnen begonnen hat. Im Vertrauen auf seine Fähigkeit, Schaden zu ertragen, verzichtet Daniel auf die Überprüfung all seiner Kampffertigkeiten, mit Ausnahme derer, die er bereits beherrscht.

### *Schild-Schlag*

*Ein Angriff mit deinem Schild, der diesen sowohl in eine offensive Waffe als auch in ein defensives Werkzeug verwandelt.*

*Skill: Aktiv*

*Kosten: 12 Ausdauer*

*Wirkung: Der Schlag des Anwenders verursacht 1-2 Punkte Schaden + 0,5 pro Level des Schild-Skills. Hat eine Chance von 1% pro Level des Schild-Skills, 5 Sekunden lang zu betäuben.*

### *Kraftvoller Schlag*

*Mächtiger Einzelschlag, der zusätzlichen Schaden bei einem Gegner verursacht.*

*Skill: Aktiv*

*Kosten: 15 Ausdauer*

*Effekt: Der Power-Schlag des Anwenders verursacht 50 % mehr Schaden + 2 % pro Level des Keulen-Skills.*

### *Doppelter Schlag*

*Mit dem Kreuzschlag kann der Anwender einen verketteten Angriff ausführen und in der Zeit, die ein unerfahrener Angreifer für einen Angriff benötigen würde, zweimal zuschlagen. Jeder Schlag (falls er trifft) verursacht 70% Schaden.*

*Skill: Aktiv*

*Kosten: 25 Ausdauer*

*Effekt: Der Anwender schlägt zweimal in schneller Folge zu. Jeder Schlag verursacht 70% des normalen Schadens. Der Schaden erhöht sich um +0,5% pro Keulen-Skill-Level des Anwenders.*

Kraftvoller Schlag ist ein häufig genutzter Angriff für die meisten Nahkämpfer. Er sorgt für ein hohes Maß an Schaden und kann viele

Gegner niedrigeren Niveaus zerschmettern, wenn er seine Skillstufe mit Keulen ausreichend erhöhen kann. Schild-Schlag ist wahrscheinlich die nächste gängige Angriffsform, eine sichere Fertigkeit, die ihn gefährlich macht, und die von Schildbenutzern wie ihm selbst bevorzugt wird. Der Betäubungseffekt kann in einem Kampf sehr nützlich sein, aber leider besitzt er zu diesem Zeitpunkt noch keinen Schild. Als Daniel an die verschiedenen Sparringssitzungen zurückdenkt, die er mit Mary hatte, kann er sich nur für den Doppelschlag entscheiden. Nur mit einer Reihe von Schlägen konnte er sie dazu bringen, sich zu bewegen und ihn als Gegner halbwegs ernst zu nehmen. Zufrieden wählt er die Fähgikeit aus und starrt auf seinen neu aktualisierten Statusbildschirm.

Name: Daniel Chai
Klasse: Level 2 Abenteurer (0%)
Unterklassen: Level 7 (Bergmann) (19%)
Mensch (Männlich)

-

Statistiken
Leben: 176

Ausdauer: 176

Mana: 136

Kritische Trefferchance: 4%

Attribute

Kraft: 17

Beweglichkeit: 14

Verfassung: 24

Intelligenz: 15

Willenskraft: 17

Glück: 13

Skills

Waffenloser Kampf: Level 2 (47/100)

Keulen: Level 7 (21/100)

Schild: Level 5 (18/100)

Ausweichen: Level 3 (16/100)

Kampf-Sinn: Level 2 (12/100)

Wahrnehmung: Level 3 (21/100)

Bergbau: Level 7 (78/100)

Heilung: Level 7 (07/100)

Kräuterkunde: Level 3 (31/100)

Kochen: Level 2 (37/100)

Singen: Level 2 (14/100)

Skillfertigkeiten

Doppelschlag

Kartografie (II)

Zauber

Kleine Heilung (I)

Gaben

Berührung des Märtyrers - Der Zaubernde kann sich selbst oder andere durch Berührung und Konzentration heilen und opfert dafür einen Teil seines Lebens. Die Kosten variieren je nach dem Ausmaß der geheilten Verletzungen.

# Kapitel 7

„Hört zu, Kinder." Der Wächter vor dem Dungeoneingang starrt auf die Gruppe von Abenteurern vor ihm. Die Anfängerabenteurer, die sich um ihn herum gruppieren, variieren in Größe und Kleidung, aber die meisten sind im mittleren bis frühen Teenageralter und tragen eine einzige Waffe, meistens ein Kurzschwert. Die Abenteurer sind größtenteils Menschen, doch gelegentlich sieht Daniel einen Beastkin und sogar einen Zwerg in der Gruppe. „Ihr seid zum ersten Mal hier, also empfehle ich euch dringend, im ersten Stock zu bleiben. Wenn ihr es schafft, die Treppe zum zweiten Stock zu finden, dürft ihr sie benutzen, aber nur, um an den Transportstein zu gelangen. Damit könnt ihr direkt in die zweite Etage reisen, wenn ihr bereit dafür seid.

Die Hauptursache für den Tod von Abenteurern ist Selbstüberschätzung, also denkt nicht einmal daran, in die zweite Etage hinunterzugehen, bevor ihr nicht die gesamte erste Etage hinter euch gebracht haben. Beginnt eine neue Etage niemals verletzt - das ist der schnellste Weg, getötet zu werden. Denkt daran, dass die Gilde Manasteine in allen Größen kauft, also stellt sicher, dass ihr jeden einzelnen Drop einsammelt, den ihr bekommt. Die Schmiede haben mich gebeten, euch alle daran zu erinnern, keine Koboldschenkel zurückzubringen. Sie wollen sie nicht und brauchen sie nicht. Noch Fragen?"

Kaum auf die Antworten der Abenteurer wartend, tritt der Wächter zur Seite und winkt sie in den Dungeon. Mit dem Streitkolben in der Hand nickt Daniel ein letztes Mal dankend, bevor er eintritt, seine Hand ist schon leicht klamm am Griff seines Streitkolbens. Beim Eintreten wird Daniel sofort von einem einfachen steinernen Raum begrüßt, der vom Sonnenlicht im Hintergrund und dem sanften weißen Schimmer, der für die mit Mana durchtränkten Wände des Dungeons charakteristisch ist, erhellt wird.

Leicht grinsend schiebt Daniel seine Tasche noch einmal hin und her, um sicherzustellen, dass sie richtig sitzt, bevor er dem einzigen Korridor folgt, der in den eigentlichen Dungeon führt. Der Ausgang teilt sich sofort in drei tönerne Gänge, und Daniel hält inne, um nach den Bewegungen der anderen

Abenteurer zu lauschen, bevor er den mittleren Weg wählt.

Während er tiefer hineingeht, beginnt sich in seinem Kopf eine mentale Minikarte des Dungeons zu bilden, was auf seinem Kartierungsskill basiert. Daniel erlangte diese Option als Bergmann, wie die meisten anderen auch, und entschied sich, diese ein paar Mal aufzuleveln, anstelle von anderen, traditionelleren Bergbau-Skills, da er wusste, dass sie ihm in Zukunft nützlicher sein würde. Man wollte nie in der Dunkelheit verloren gehen. *Ich frage mich, was andere Abenteurer tun ...*

In einem Dungeon ist es nie eine gute Idee, Zeit mit solchen belanglosen Dingen zu verbringen, was Daniel sehr zu seinem Leid feststellen muss, als er um eine Ecke biegt und einem Kobold begegnet. Selbst unter seinen Artgenossen ist er ein echter Zwerg. Die etwa einen Meter große Kreatur sieht aus wie ein graues, schlaksiges, leicht unterernährtes Kind in Bauerntracht, abgesehen von den ziemlich langen Ohren und den zu großen Augen. Irgendwie sieht der Kobold auch nach Marys Beschreibung nicht ganz so aus, wie er ihn sich vorgestellt hat. Der Kobold reagiert als Erster und stößt seine einzige Waffe – einen Schaft aus Metall und Knochen – in Daniels Brust. Er trifft ihn hart, stößt durch Stoff und Haut und erwischt eine Rippe. Daniel springt nach hinten, stöhnend vor Schmerz, als er spürt, wie Blut aus der Wunde zu tropfen beginnt, und bewegt seinen Streitkolben hin und her, um den Kobold abzuwehren.

Daniel geht in die Offensive und schlägt einmal und dann noch einmal zu, wobei der Kobold nach hinten flüchtet und außerhalb der Reichweite seiner Angriffe bleibt. Als Daniel sich von seinen Attacken erholt, stürmt der Kobold wieder auf ihn zu und versucht einen weiteren Stich zu landen, und nur eine hastige Parade von Daniel zwingt den Kobold dazu, seinen eigenen Angriff zu stoppen oder das Risiko einzugehen, seinen Arm zerquetschen zu lassen.

Daniel tritt erneut nach vorne und versucht, den Kobold zu schlagen, der zurücktanzt und nach Daniels Arm schlägt, um ihn zu zerquetschen. Dieser Kampf ist völlig anders als seine früheren Sparringkämpfe mit

Mary. Der Kobold ist kleiner, anfälliger für Finten und konzentriert sich eher auf kurze, schnelle Schläge gegen Daniel als auf einen einzelnen, schmerzhaften Angriff.

Während weiterhin Blut aus seiner offenen Wunde läuft, schlägt Daniel weiter nach vorne, um den Kampf zu beenden. Er täuscht erneut einen Schlag vor und als der Kobold sich duckt, stürmt er nach vorne und aktiviert den Doppelschlag, wobei sein Streitkolben schneller schwingt, als das Skill aktiviert wird. Der erste Angriff von links wird geblockt, aber Daniel nutzt die Wucht des Blocks und schwingt den Streitkolben herum, um auf die ungeschützte rechte Seite des Kobolds zu schlagen. Der Streitkolben knirscht in der Schulter des Kobolds, der Knochen bricht und die Muskeln zerquetschen.

Panisch reißt sich der Kobold von Daniel los und versucht, den Angreifer erneut mit seinem Schaft zu erstechen. Diesmal ist Daniel jedoch bereit und schlägt mit seinem Streitkolben auf die ausgestreckte Angriffshand des Kobolds ein, zerquetscht seine Finger und zwingt das Monster, die Waffe fallen zu lassen.

Als der Kobold um sich schlägt, holt Daniel erneut aus und landet einen kritischen Treffer auf dem Kopf des Kobolds, mit dem er ihm den endgültigen Todesstoß versetzt. Einen Moment später löst sich der Körper in beißendem Rauch auf und hinterlässt einen kleinen Manakristall.

Daniel achtet kaum darauf, er lässt sich in die Ecke fallen und hält eine Hand über seine Wunde, während er sich selbst eine kleine Heilung heraufbeschwört. Erst als die Blutung aufhört, achtet er auf die Benachrichtigungen, die er während des Kampfes erhalten hat.

*Kritischer Treffer! 29 Schaden angerichtet. Kobold getötet.*

*Leichte Heilung bei Daniel angewandt. 14 Trefferpunkte wiederhergestellt.*

*Leichte Heilung bei Daniel angewandt. 10 Trefferpunkte wiederhergestellt.*

*Die Blutung hat aufgehört.*

Da er in den Informationen nichts Wichtiges sieht, verwirft er sie und beschließt, sich solche Informationen zukünftig nicht mehr anzusehen. Daniel bückt sich, um den fallen gelassenen Manakristall aufzuheben, und schaut sich vorsichtig um, bevor er tiefer in den Dungeon geht. Er hatte schon fast einen Drittel seines Manas verbraucht, dabei hatte er gerade erst angefangen. Zum ersten Mal beginnt er, Marys Standpunkt wirklich nachvollziehen zu können.

Nach einem halben Dutzend Kobolde und einer zufälligen Begegnung mit einem anderen Abenteurer, hat Daniel die Treppe nach unten gefunden. Die anderen Kämpfe seit seinem ersten sind recht gut verlaufen, mit wenig zusätzlichem Schaden für ihn. Das hat sein schwindendes Selbstvertrauen wieder gestärkt. Solange er gut aufpasst, sollte er mit seinen Skills und seinem Level in der Lage sein, mit einem einzelnen Kobold ohne Schwierigkeiten fertig zu werden. Im Gegensatz zu den meisten Abenteurer-Neulingen war das nicht seine erste Klasse, und als solche waren seine Lebenspunkte deutlich höher. Natürlich hat er mit der Zeit einen Preis bezahlt – die meisten Abenteurer, die bis zu seinem Alter überlebt hatten, waren auf einer viel höheren Stufe als er und würden es nicht einmal in Erwägung ziehen, einen

Anfänger-Dungeon zu betreten. Zuversichtlich und ungeduldig trifft Daniel eine Entscheidung und nimmt, gegen den Rat der Wache, die Stufen hinunter.

# Kapitel 8

Die Treppe hinunter zur zweiten Etage führt zu einer kleinen, drei Meter breiten, ovalen Höhle, die derzeit leer ist. Im Gegensatz zur ersten Etage ist das leise Tröpfeln von Wasser durch den Dungeon zu hören; Stalagmiten und Stalaktiten übersäen den Boden und die Decke. Die Beleuchtung in dieser Etage ist ebenfalls schlechter, da die von Mana überzogenen Wände teilweise pechschwarz sind.

Daniel spürt, wie sich die Haare auf seinen Armen ein wenig sträuben; die zweite Etage fühlt sich im Vergleich zur ersten tatsächlich gefährlich an. Die Ausgänge aus der Höhle sind auch kleiner und beengter, und Daniel merkt bald, dass er einige seiner Schläge kürzer ausführen muss. Einen Moment lang überlegt er, wieder nach oben zu gehen, bevor er den Portalstein entdeckt und sich an die erhaltene Wegbeschreibung erinnert. Er geht schnell hinüber und legt seine Hand auf den Stein, als dieser sanft aufleuchtet und sich an sein Mana *erinnert*. Die vorübergehende Ablenkung durch das Licht reicht aus, um seine aufkommenden Zweifel zu verdrängen.

„Mal sehen, was ich hier unten finden kann ...", flüstert Daniel zu sich selbst, um die bedrückende Stille zu füllen. Es dauert nur wenige Minuten, bis Daniel auf seinen ersten Kobold stößt, was ganz anders als im relativ ruhigen ersten Stock ist. Der Kampf dauert nicht viel länger als seine vorherigen Kämpfe, obwohl der Kobold etwas geschickter ist und einen langen Querschnitt auf seinem linken Arm hinterlässt. Daniel ignoriert den Schaden und verbringt nur genug Zeit damit, einen einfachen Stoffverband um seinen verletzten Arm zu wickeln, um zumindest den Blutfluss zu stoppen.

Durch den erfolgreichen Kampf ermutigt, begibt er sich tiefer in den Dungeon, wobei er nur gelegentlich anhält, um seine Umgebung und seine Minikarte zu überprüfen, damit er seinen Standort ermitteln kann. Ein weiterer Kampf mit einem Kobold bringt ihn ein ganzes Drittel näher zu seinem nächsten Level als Abenteurer. Offensichtlich waren tatsächliche Abenteuertouren und Kämpfe eine schnellere Form des Levelaufstiegs als Trainings.

Es sind schon Stunden vergangen, seit der Tag begonnen hat, und die intensive Konzentration, die Daniel aufbringen muss, zehrt an ihm. Seine geistige Ermüdung ist etwas anderes als das, was er vom Bergbau kennt, und wieder einmal lenken ihn seine umherschweifenden Gedanken zu sehr ab, denn er bemerkt den Kobold nicht, der sich hinter ihm anschleicht. Sein erster Eindruck von ihm ist ein scharfer, die Klinge sticht ihm in seinen Rücken und verletzt eine Niere.

Mit einem hastigen Tritt nach hinten prallt Daniel am Körper des Kobolds ab, seine größere Statur schafft es, das Monster weit genug wegzustoßen, damit er sich herumdrehen kann. Daniel knurrt, tritt vor und schwingt seinen Streitkolben, um den Kobold zu verletzen, der sich in einen kleineren Durchgang zurückzieht, um dem Schlag auszuweichen. Der Seitengang ist viel kleiner, kaum zwei Meter hoch und fast vollständig in Dunkelheit getaucht.

Daniel geht in die Hocke, um dem kleineren Kobold zu folgen, in der Hoffnung, seine Rache zu bekommen. Da er gezwungen ist, seine Schwünge zu verkürzen und den

Streitkolben bei seinen Schlägen nach vorne zu stoßen, hat er nicht viel Platz, um richtig anzugreifen, aber der Kobold ist trotzdem genötigt, vor ihm zurückzuweichen oder er würde riskieren, verletzt zu werden. Beide Parteien tauschen ein paar Sekunden lang unbedeutende Schläge aus, bevor ein weiterer scharfer Schmerz in Daniels Gesäß klar macht, dass er umzingelt ist.

In der Falle! Einen Moment lang gerät Daniel in Panik, denn die beengten Platzverhältnisse, seine begrenzte Sicht, die Monster vor und hinter ihm und die offenen Wunden ziehen seine Brust zusammen. Sein Körper ist vor Angst wie erstarrt, als ihm klar wird, dass er hier wirklich sterben könnte. Sein kurzes Innehalten erlaubt dem Kobold, dem er gegenübersteht, sich nach vorne zu stürzen und auf seinen Arm einzustechen.

Instinktiv packt Daniel den Arm des kleineren Kobolds und zieht das Monster zu sich, hebt es auf und stürmt vorwärts, um der Enge des Ganges endlich zu entkommen. Fast zertrampelt er das Monster, als er es vor sich herschiebt. In seinem panischen Zustand versucht Daniel, sich von seinem verfolgenden Angreifer wegzubewegen und scheitert, als die Klinge seines Angreifers hinter ihm erneut in seinen Rücken sticht und ihm ein weiteres schmerzhaftes Stöhnen entlockt.

Der Kobold, den er festhält, kratzt und beißt in seinen Arm, ist aber nicht in der Lage, ohne den Einsatz seiner Waffe großen Schaden anzurichten. Daniel rennt geduckt weiter, und schließlich endet der Weg in einem größeren Raum. Immer noch den Kobold umklammernd, wirbelt Daniel herum und schleudert das kleinere Monster in den Weg seines Koboldkumpanen, bevor er sich von den beiden Monstern zurückzieht, wobei das Blut aus seinem Rücken mit jeder Anstrengung weiter hinausquillt.

In dem größeren Raum beginnt Daniels Moment der Panik abzuflauen. Die beiden Monster verteilen sich im Raum und beginnen, den Abenteurer-Novizen zu flankieren. Daniel erkennt, dass er ihre Vorbereitung eines Angriffs gegen ihn nicht zulassen kann. Er stürmt nach vorne und aktiviert seinen Doppelschlag, um den nächstgelegenen Kobold anzugreifen. Es folgen zwei Schläge, von denen einer ins Leere geht, aber der zweite landet zielgenau. Das zwingt seine Angreifer dazu, vorsichtiger zu werden, während Daniel beginnt, seine Waffe mit voller Hingabe zu schwingen. Jedes Mal, wenn er dazu in der Lage ist, aktiviert er seine Geschicklichkeit und der Streitkolben bewegt sich plötzlich schneller.

Es dauert nur noch ein paar Züge, bis der Kampf zu Ende ist. Ein glücklicher Schlag auf die Schädeldecke des einen Angreifers betäubt ihn lange genug, um ihn mit einem zweiten Angriff zu erledigen. Der zweite Angreifer fällt mit relativer Leichtigkeit zu Boden, und der verletzte Daniel sinkt vor Schmerzen auf seine Knie. Außerhalb des Kampfes spürt er die zusätzlichen Wunden am Arm und Oberkörper, die er sich in den letzten Momenten des verzweifelten Kampfes zugezogen hat.

Daniel stöhnt vor Schmerz, konzentriert sich darauf, seine Gabe heraufzubeschwören und beginnt, die Wunden an seinem Körper zu nähen, um die Blutungen möglichst zügig zu stoppen. Sobald diese wichtige Aufgabe erledigt ist, fährt er fort, den letzten Schaden mit seinem

Mana zu heilen, indem er eine kleine Heilung auf sich selbst anwendet und zusieht, wie die restlichen Wunden zugenäht werden.

„Na, das ist ja nicht sonderlich gut gelaufen ..." flüstert Daniel vor sich hin, bevor er sich endlich auf die Beine hievt. Er sieht sich um, bevor er einen der Kobold-Schäfte in seinen Gürtel schiebt und sich schließlich an Marys anfänglichen Rat erinnert, eine Waffe mit kürzerer Reichweite zur Hand zu haben. Das wäre in dem engen Gang, in dem er gefangen war, definitiv hilfreich gewesen. Erlis sei Dank hatte er mehr Lebenskraft und Erfahrung als ein typischer Abenteurer-Newbie. Nachdem er sich ein letztes Mal ausgiebig gestreckt und die Manasteine hastig geplündert hat, starrt Daniel auf seine Minikarte und überlegt, ob er zurück nach oben gehen oder die Suche in der zweiten Etage fortsetzen soll.

# Kapitel 9

„Verdammt. Das sind sechs." Seufzend reicht der Wachmann seinem Freund ein Silberstück und wirft Daniels müder Gestalt einen unfreundlichen Blick zu. Wer hätte gedacht, dass so spät in der Nacht noch ein weiterer Anfänger auftauchen würde? Die meisten Anfänger von heute Morgen hatten schon vor Stunden Feierabend gemacht. Zumindest die, die überlebt hatten.

Daniel beachtet weder den Blick noch die Worte und schleppt seine Füße in Richtung der wartenden Abenteurergilde. Er hatte längst seinen gesamten Proviant verzehrt und das meiste Wasser getrunken, und er wollte einfach nur, dass der Tag hier endlich vorbei war. Das Abenteuer schien ihm mehr Energie zu rauben als die Minen, und er war völlig ausgehungert. Er schwor sich, beim nächsten Mal mehr Essen mitzunehmen. Alles, was Daniel jetzt noch tun wollte, war, die gesammelten Manasteine zu verkaufen und zu schlafen.

In der Gilde hat Liev endlich das Ende seiner langen Schicht erreicht, als er Daniel entdeckt. Ein Aufflackern von Erleichterung durchbricht seine professionelle Fassade, denn Mary wäre völlig außer sich gewesen, wäre

Daniel gestorben. Seine lässige Art wiederhergestellt, ruft er: „Hart am Arbeiten, wie ich sehe!"

„Hi, Liev. Ich habe ein paar Steine für dich ..." Daniel leert den Beutel auf dem Tresen aus, und der plötzliche Hagel von Manasteinen lässt Liev eine Augenbraue hochziehen.

„Das ist eine ganz schöne Ausbeute, die du da hast ..." Geübte Hände wandern über die Steine, schieben und sortieren sie nach Qualität, während er fortfährt. „Du bist in den zweiten Stock gegangen, oder?"

„Hm ..."

„Es gibt keine Regeln, die das verbieten, Daniel. Die Gilde überwacht, duldet oder verurteilt solche Entscheidungen nicht. Egal, wie tollkühn sie sind", erklärt Liev, während er auf einem Blatt Papier Daniels Verdienst notiert und zusammenzählt.

„Woher wusstest du das?"

„Das hier sind alles D-Grad-12- und -11-Steine, also genau das, was ich im ersten Stock erwarten würde. Diese drei hier sind allerdings D-Grad-10er, die man nur bekommt, wenn man wirklich Glück hat oder im zweiten Stock jagt."

Während Liev spricht, zeigt er auf jeden Stapel, bevor er seinen Block umdreht und Daniel die Summe zeigt. Da er weiß, dass einige von seiner Kundschaft nicht lesen können, verkündet er das Ergebnis laut. „4 Silber und 3 Kupfer. Drittbeste Ausbeute in deiner Gruppe."

Daniel nickt bei der Ansage automatisch und hebt die Münzen auf, als Liev sie auf dem Tresen ablegt. Eine anständige Summe, obwohl ein erfahrener Minenarbeiter mit viel weniger Risiko fünf Silber am Tag verdienen könnte. Nach einem kurzen Moment erinnert sich Daniel an das, was der Aufseher gerade gesagt hat: „Dritter?"

„Ja. Zwei der Novizen haben es geschafft, die Truhe im ersten Stock zu finden."

„Truhe?" Daniel fühlt sich wie ein Papagei, als er sich vorbeugt. Um ehrlich zu sein, war er nach seiner unangenehmen Begegnung im zweiten Stock viel vorsichtiger geworden, arbeitete mit Bedacht und prüfte jeden Seitengang sorgfältig, bevor er weiterging. Unglücklicherweise bedeutete das, dass er Kobolden in einem sehr viel langsameren Tempo begegnete.

„Du hast nicht einmal danach gesucht, oder?" Liev lächelte leicht irritiert und greift unter seinen Schreibtisch, um einen Manastein herauszuziehen. Er hat fast die gleiche Größe wie die Scherben, die Daniel mitgebracht hat, aber dieser ist deutlich klarer als seiner. „Auf jeder Etage gibt es eine Truhe, die einen Manastein enthält, der um einige Ränge höher ist als der, den man findet, wenn man die Mobs auf dieser Etage besiegt. Er wandert umher, nachdem er gefunden wurde, und zeigt sich alle zwei bis vier Stunden, aber er wird immer von einer Elite der jeweiligen Etage bewacht. Dieser hier ist ein D-Grad-8."

„Oh ..." Daniel verstummt und tippt mit den Fingern auf den Tresen, bevor er wieder zu Liev aufsieht. „Es geht also um Quantität vor Qualität, nicht wahr? Wenn ich in der ersten Etage bleibe, werde ich versuchen, die Truhe zu finden, um einen guten, hochwertigen Stein zu bekommen. Wenn ich wieder in den zweiten Stock hinuntergehe, kann ich zwar öfter kämpfen, aber es ist gefährlicher, und ich würde noch keine Truhe bekommen können."

Liev nickt, innerlich überrascht, dass Daniel so schnell zu dieser Schlussfolgerung gekommen ist. Die meisten Abenteurer brauchen etwas länger, um das zu verstehen.

„Danke, Liev. Ich werde es im Hinterkopf behalten. Gute Nacht!" Daniel winkt zum Abschied und entfernt sich von der Theke. Es war ein langer Tag, und es ist Zeit, ins Bett zu gehen.

***

„Guten Morgen, Daniel. Ausgeschlafen, was?" Eine lachende Elise winkt ihn zur Bar hinüber, wo sie damit beschäftigt ist, die Überreste des morgendlichen Frühstücksansturms aufzuräumen. „Dein Frühstück wird gleich serviert."

Daniel nickt und lässt sich auf einen der Hocker plumpsen. Seine Sachen hat er schon dabei, aber ein leckeres Essen, um den Tag zu beginnen, scheint eine gute Idee zu sein. Und natürlich Kaffee.

„Also, Daniel. Ich weiß, du hast meinen Sohn gerettet und so ..." Elise lächelt, als sie einen Teller vor ihm abstellt, zusammen mit einer dampfenden Tasse Kaffee. „Aber weißt du, ich führe ein Gasthaus ...“

Daniel blinzelt und versteht dann, worauf Elise hinauswill, und lässt leicht beschämt den Kopf hängen, „Ja, ähh ... was das angeht. Wie viel für Unterkunft und Verpflegung für die Woche?“

„Da du ja fast wie Familie für uns bist ... ein Silber pro Tag für alles, was du essen kannst, und wir waschen sogar deine Wäsche“, verkündet Elise unverblümt.

„Ähm ... hier, bitte sehr.“ Daniel leert das Silber aus seinem Beutel und spürt, wie leer er plötzlich ist. Er schaufelt den letzten Haferschleim in sich hinein, denkt schon an den Dungeon und wie er dort seinen Geldbeutel wieder auffüllen wird und welche Ausgaben auf ihn zukommen. Er wird bald ein neues Hemd brauchen, wenn er weiterhin so oft verletzt wird, ein Schild, um sich zu besser schützen, Seife, um seine Kleidung zu reinigen, und einen weiteren Geldbeutel, damit er seine Manasteine von seinen Münzen trennen kann. Die Liste geht so weiter.

Als er fertig ist, winkt Elise ihn zu einer eingepackten Schachtel, die sie auf die Theke gestellt hat. „Hier, bitte sehr. Mittagessen und ein Snack."

„Danke, Elise. Ich komme erst spät zurück, denke ich." Er hebt die Schachtel auf, stopft sie in seine Tasche und eilt in Richtung Dungeon. Er muss es definitiv besser machen als gestern, denn seine aktuellen und zukünftigen Ausgaben stapeln sich hinter seinem inneren Auge.

Elise beobachtet sein Hinausgehen und lächelt vor sich hin. Sie waren alle so, wurden nach ihrem ersten Durchlauf faul. Ein kleiner Tritt in den Hintern war das, was sie brauchten. Vor sich hin pfeifend geht Elise zurück in die Küche, um mit dem Abwasch zu beginnen. Dieser Junge würde es gut machen.

# Kapitel 10

Daniel winkt den Wachen zu, als er an ihnen vorbeikommt, und trabt, ohne zu bremsen in den ersten Stock des Dungeons. Ein einzelner Kobold stellt für ihn nach seinen gestrigen Erfahrungen keine allzu große Gefahr dar, und schon gar nicht die, die im ersten Stock auf ihn warten. Im Gegensatz zu den meisten anderen Abenteurern hat er jedoch keine Karte gekauft und vertraut ganz auf seine eigenen Fähigkeiten, den Grundriss richtig zu erfassen. Da er sich an sein gestriges Gespräch mit Liev erinnert, beschließt Daniel, den gesamten Grundriss des ersten Stocks selbst zu erkunden und dabei hoffentlich die Truhe zu finden.

Sobald er im eigentlichen Dungeon ist, bewegt er sich langsamer, aber immer noch schneller als am Vortag durch die Gänge und staunt über die Eigenart des Dungeons. Für seine erfahrenen Augen machte der Aufbau der ersten Etage als Höhlennetzwerk keinen logischen Sinn, auch wenn es für Unwissende so aussah. Kleine Ungereimtheiten sprangen Daniel ins Auge; der Boden war zu glatt, die Größenänderungen sowohl der Tunnel als auch der Kammern, die sie miteinander verbanden, ergaben keinen natürlichen Sinn und jede Höhle ist allgemein zu symmetrisch. Nachdem er ein paar weitere Kobolde getroffen und getötet hat, beginnt Daniel sogar zu erkennen, dass sich der Grundriss zu wiederholen scheint.

Daniel braucht fast drei Stunden, um sich einen Weg durch drei Viertel der Etage zu bahnen. Er kommt an einer Reihe anderer Neulinge vorbei, von denen sich viele langsamer und vorsichtiger bewegen als er. Mehr als ein Paar hat sich zusammengetan, eine Aktion, die Daniel nachdenklich macht, bevor er die Option für den Moment zumindest verwirft. Irgendwann würde er Hilfe brauchen, aber ein Teil von ihm genießt es, allein zu arbeiten, nachdem er in der Mine jahrelang in Teams gearbeitet hat. Außerdem befürchtet er, dass jeder Abenteurer, mit dem er sich zusammentun würde, ihn ausbremsen würde, und er hätte eine Menge aufzuholen.

*Nicht, dass ich wirklich Lust hätte, mich mit Teenager-Problemen zu beschäftigen ...* Daniel kichert leise vor sich hin, ohne die Ironie seiner Gedanken zu bemerken.

Als er sich der nächsten Ecke nähert, beugt sich Daniel vor, um in die Kammer zu spähen.

Seine Augen weiten sich, und er zieht den Kopf zurück, um sich wieder zu verstecken. *Gut, ich habe es gefunden. Und ihn.*

Die meisten Kobolde waren höchstens einen Meter groß, aber die Elite war offensichtlich ein Paradebeispiel ihrer Art — dieser Kobold war eineinhalb Meter groß und hatte eine eindeutig sichtbare Muskulatur. Zumindest das, was nicht von etwas bedeckt war, das wie eine schlecht genähte, weiche Lederrüstung aussah. Zum Glück war er nur mit einem Messer bewaffnet.

Einen Moment lang zögert Daniel. Dann erinnert er sich daran, dass es nur ein Kobold war, den mindestens zwei andere Anfänger vor ihm besiegt hatten, und er fasst seinen Entschluss, dem Monster entgegenzutreten. Der Kobold entdeckt ihn fast sofort und knurrt eine leise Herausforderung, während er sich vor die kleine Truhe kauert.

Überrascht, dass die Elite ihn nicht sofort angreift, zögert Daniel, bevor er einen Schritt nach vorne macht und einen vorsichtigen Schlag ausführt. Der Kobold bewegt sich kaum, er erkennt die Finte als solche.

Daniels Augen weiten sich vor Überraschung über diese unerwartete Reaktion, und er bleibt außerhalb der Reichweite des Kobolds stehen. Der Kobold bewegt sich dieses Mal zuerst und wirft einen Stein nach Daniel. Instinktiv schlägt Daniel den Stein beiseite und bezahlt dafür, als sein Gegner nach vorne stürzt und seine Waffe in Daniels ausgestreckten Arm stößt, wobei er die Klinge beim Austritt verdreht, um die Wunde zu vergrößern. Bevor er zurückschlagen kann, tanzt der Kobold wieder außer Reichweite und wirft Daniel ein räuberisches Lächeln zu.

In den nächsten Durchgängen liefern sich Daniel und der Kobold einen vorsichtigen Schlagabtausch, bei dem sich keiner der beiden voll auf den Angriff einlässt. Daniel zieht sich eine weitere leichte Wunde am Oberschenkel zu, der Kobold erleidet einen geprellten Arm, als es ihm gelingt, einen Schlag abzuwehren, indem er seinen Arm nach vorne in den Griff des Streitkolbens schiebt.

Frustriert setzt Daniel seinen Doppelschlag ein und muss mit ansehen, wie der Kobold vor den Angriffen zurückweicht und Daniel zwingt, ihn zu verfolgen. Ein paar weitere Durchgänge verdeutlichen Daniels ersten Eindruck. *Der kleine Kerl ist schnell. Halt doch mal still!*

Daniels Augen verengen sich bei einem plötzlichen Gedanken, dann wechselt er zu etwas breiteren Schwüngen und konzentriert sich darauf, den Kobold in eine Ecke zu treiben. Jetzt ist es an der Zeit für Daniel zu lächeln. Der Kobold begreift, was passiert, aber die größere Reichweite des Menschen vereitelt die Fähigkeit der Elite, zu entkommen, auch wenn Daniel ein paar weitere leichte Verletzungen erleidet. Schließlich wird der Kobold in die Ecke gedrängt und kann seinem Ende unter dem Streitkolben nicht mehr entkommen, obwohl das Monster sich in letzter Minute noch einmal nach vorne drängt und seine Klinge in Daniels Oberschenkel stecken lässt, als es stirbt.

Fluchend bricht Daniel zusammen, zieht die Klinge aus seinem Oberschenkel und lässt sich gegen die nahgelegene Wand fallen, während er sein Gewicht von der verletzten Gliedmaße nimmt. Ein roter Blitz fällt ihm in dem Gang auf, den er betreten hat, aber er ignoriert ihn und konzentriert sich zuerst darauf, sich selbst zu heilen, bevor er sich seinen Benachrichtigungen zuwendet.

**_Level-Aufstieg!_**
_Abenteurer Level 3_
_Du hast 5 Attributpunkte zum Verteilen gewonnen._

Sofort steckt Daniel ein paar Punkte in Beweglichkeit, bevor er das Fenster schließt. Den Rest wird er heute Abend in Ruhe verteilen, aber es ist ihm klar, dass er gegen diese Monster schneller werden muss. Freudig lächelnd bei dem Gedanken an den Manakristall, der in der Truhe auf ihn wartet, stemmt er sich vom Boden ab.

_Moment, war die vorher schon offen? Ich war mir sicher, dass sie es nicht war_ ... Mit dem Grauen, das ihn erfüllt, geht Daniel zur Truhe hinüber und findet sie leer vor, ohne ein Zeichen des Diebes.

***

„Schlechter Tag?" fragt Liev den jungen Abenteurer, während er Daniels Manasteine sortiert und zählt. Eine leicht hochgezogene Augenbraue quittiert das Fehlen eines mächtigeren Manasteins, zumal die Anzahl, die Daniel zurückbrachte, tatsächlich geringer war als sonst. So wie die Steine aussehen, muss Daniel die meiste Zeit des Tages in der ersten Etage verbracht haben.

„Ich habe gegen die Elite gekämpft und sie besiegt, aber jemand hat den Stein gestohlen, während ich mich erholte", erklärt Daniel und schaut mürrisch auf die kleinere Anzahl von Münzen, die Liev als Bezahlung hinlegt. Seufzend hebt Daniel die Münzen auf und packt sie weg.

„Ah, ja. Das kommt schon mal vor." Liev zuckt mit den Schultern, Diebstähle waren im Dungeon zwar ungewöhnlich, aber nicht unbekannt. Da es keine Möglichkeit gab, zu erkennen, wem ein Manastein gehörte, konnten Diebe im Dungeon ungestraft Steine stehlen, solange sie nicht erwischt wurden. Gelegentlich versuchen sich Banditen sogar an Erpressung oder Raub, aber das geht nie lange gut. Diebstahl ist zwar lästig, aber ein akzeptierter Teil des Abenteurerlebens. Da der einzige Ort für den

Verkauf von Manasteinen die Abenteurergilde war, wird jeder Bandit, der regelmäßig mit einer zu großen Beute zurückkommt, früher oder später erwischt.

Daniel nickt mürrisch. Er hat bereits beschlossen, nicht allzu viel Aufregung um seinen Verlust zu machen. Schließlich hat er keinen Beweis dafür, wer seinen Stein gestohlen haben könnte.

„Darf ich einen Vorschlag machen?" Liev lächelt den jungen Abenteurer leicht an und fängt ihn gerade noch ab, als er schon gehen will.

„Aber natürlich." Daniel wird hellhörig und hofft auf einen weltbewegenden Ratschlag des erfahrenen Aufsehers. Sicherlich wusste er Dinge, die ein junger Abenteurer lernen konnte.

„Es gibt ein Badehaus ein paar Blocks vom Top im Osten. Du wirst feststellen, dass die meisten Abenteurer es für klug halten, alle paar Tage ein Badehaus zu besuchen." Liev lächelt sanft und mustert den schmutzigen, stinkenden Abenteurer. Waschlappenbäder konnten nur bedingt sauber halten, besonders nach mehreren Tagen des Kämpfens, Tötens und Blutens im Dungeon.

„Oh!" Daniel errötet, als er Lievs unausgesprochene Andeutung bemerkt. „Richtig. Danke!" Mit diesen Worten stürmt Daniel mit dem letzten Rest seiner Würde hinaus.

# Kapitel 11

„15, 16, 17, 18!" Daniel seufzt und starrt verzweifelt auf seine kleine Münzsammlung, während das Licht der Morgendämmerung durch das Fenster strömt. 1 Gold, 18 Silber. Immer noch nicht genug, um genau den Schild zu kaufen, den er sich so verzweifelt wünscht. Eine Rüstung, eine anständige Rüstung, war auch immer noch ein ferner Wunschtraum, aber einen Schild konnte er kaufen. Selbst mit seinen verbesserten Skills und Fähigkeiten ist es eine Qual, regelmäßig verwundet zu werden.

Ein Klopfen an seiner Tür holt Daniel aus seinen mürrischen Grübeleien heraus. „Ja?"

„Daniel, bist du wach?" Lächelnd schaut Elise zu ihm rüber. „Du musst mir einen kleinen Gefallen tun."

„Was für einen Gefallen?" Daniel schaut die Gastwirtin misstrauisch an.

„Ach, nichts Besonderes. Ich habe nur einen Freund, der heute etwas Gesellschaft braucht. Du weißt schon, jemand, der mal raus muss aus der Arbeit und aufhören, immer das Gleiche zu tun", lächelt sie leicht und sieht ihn wissend an.

„Ähm ... na ja, ich wollte eigentlich zum Dungeon gehen ...", murmelt Daniel. Er ignoriert die Andeutung von Elise, obwohl er in den drei Wochen, seit er den Dungeon zum ersten Mal betreten hat, noch keine Pause gemacht hat.

„Es ist in Ordnung; du wirst es lieben. Jedenfalls hast du noch nicht wirklich viel von der Stadt gesehen, oder? Das wäre eine gute Gelegenheit, und du könntest ein bisschen einkaufen gehen." Sie deutet auf seine ziemlich fadenscheinige, mit Flicken übersäte Kleidung.

Knapp zwanzig Minuten später steht Daniel vor dem Top, murmelt etwas von einem vergeudeten Tag und fragt sich, wer dieser Freund war. Als Khy'ra auftaucht, kann er nicht anders, als die blonde Elfe anzulächeln. Er hat bei seinen Aktivitäten kaum Zeit gehabt, die Klinik zu besuchen, und wenn, dann war es oft spät in der Nacht, nachdem er aus dem Dungeon zurückgekehrt war, wenn Khy'ra schon weg war. „Khy'ra! Schön, dich zu sehen."

„Ebenso. Hast du Elise gesehen ...?" Khy'ra sieht sich um und runzelt die Stirn. „Sie hat mich gebeten, herzukommen."

„Ähm ..."

„Gut, ihr seid beide da." Als sie aus dem Gasthaus tritt und sich die Hände an ihrer Schürze abwischt, nickt Elise entschlossen. „Khy'ra, Daniel braucht eine Führung durch die Stadt. Er hat noch nichts gesehen, und ein paar neue Klamotten könnte er auch gebrauchen."

„Was ...?"

„Oh, und macht euch nicht die Mühe, in die Klinik oder den Dungeon zu gehen. Ich habe ihnen gesagt, dass sie euch nicht reinlassen sollen." Schmunzelnd geht Elise zügig zurück ins Top und schließt die Tür hinter sich.

„Könnte sie nicht ein bisschen dezenter sein ...", murmelt Khy'ra, während sie die Tür anstarrt und leicht errötet.

„Ja ..." Daniel stimmt ihr zu, bevor er den Kopf neigt. „Meinst du ...?"

„Shopping!" Mit einem strahlenden Lächeln ergreift Khy'ra seine Hand und zieht ihn die Straße hinunter. „Ich weiß genau den richtigen Ort für ein paar neue Klamotten."

„Eigentlich ... habe ich auf etwas gespart."

„Etwas?" Ihre hochgezogene Augenbraue ließ Daniel hastig erklären.

„Einen Schild. Ich werde oft verletzt, besonders wenn ich gegen zwei Kobolde kämpfe. Es wäre schön, wenn ich eine Seite richtig schützen könnte. Nichts zu Großes natürlich, es ist ein bisschen eng, weißt du, aber ja ..." Daniel kommt ins Stocken, weil er merkt, dass es vielleicht ein bisschen zu viel ist, Khy'ra die Feinheiten der Benutzung eines Schildes zu erklären.

„Dann lass uns gehen!" Sie zerrt Daniel mit sich die Straße hinunter zum Fluss.

„Du bist also ein Keulen- und Schildkämpfer, was? Ich hätte gedacht, Mary hätte dich zum Schwert bekehrt."

Daniel lacht und schüttelt den Kopf. „Sie ist erstaunlich, aber das Schwert erfordert echtes Geschick im Umgang, weißt du? Und der Streitkolben fühlt sich einfach richtig für mich an."

„Oh, das verstehe ich. Ich habe das Schwert auch gehasst. Besonders in diesen Tunneln! Manchmal konnte ich kaum richtig schwingen, ohne gegen die Wände zu schlagen." Khy'ra erinnert sich und imitiert eine schwingende Bewegung, während sie spricht.

„Du warst eine Abenteurerin?" Daniel neigt den Kopf zu Khy'ra, verwirrt bei dem Gedanken an das quirlige Wesen neben ihm in den Tiefen des Dungeons, das nach Kobolden sucht und sie mit einem Lächeln tötet.

„Ja. Ich war eine der Ersten, die diesen Dungeon betreten hat. Ich bin mit meinen Brüdern hierhergekommen." Khy'ra lächelt und schüttelt den Kopf bei der Erinnerung. „Wir bekamen allerdings nicht die Belohnung dafür, dass wir ihn zuerst abgeschlossen hatten, und sie gingen bald darauf wieder. Ich beschloss, noch ein wenig zu bleiben. Hier bin ich also."

Daniel nickt zustimmend, während sie spricht, und beide schlängeln sich durch den regen Morgenverkehr. Es dauert einen Moment, bis er merkt, dass der letzte Satz nicht Teil des anfänglichen Gesprächs war, und er schaut auf, um das Schild eines Waffenschmieds über ihm zu sehen. Noch während er hineingezogen wird, merkt Daniel, wo sie sich befinden.

„Maxwell, ich habe einen Kunden für dich – wir brauchen deine besten Schilde", verkündet Khy'ra, als sie die Rüstkammer betreten, wobei die Schmiede im hinteren Teil des Ladens die

Temperatur sogar bis nach vorne um ein paar Grad erhöht.

Maxwell tritt von seiner Schmiede weg und winkt einem Lehrling zu, der übernehmen soll. Er grinst, als er Khy'ra entdeckt: „Definitiv nicht für dich. Oh, du bist es!" Er nickt Daniel entschlossen zu, während er hinter sich dorthin gestikuliert, wo die Schilde hängen. „Der Bestand hat sich nicht verändert."

Daniel lächelt höflich und tritt weiter in den Laden, um die beiden verfügbaren Modelle zu begutachten. Ein einfacher Schild und ein größerer runder Holzschild, beide mit Metall umrandet, sind seine engere Auswahl. Seine Finger streichen mit Begehren über den runden Holzschild. Der größere Schild ist perfekt für seinen Kampfstil und das, wofür er gespart hat, bevor er zu Maxwell blickt und fragt: „Immer noch ein Gold und fünfzig?"

Maxwell nickt, bevor Khy'ra sich laut räuspert. „Weißt du, Max, Daniel hier hat in letzter Zeit viel in der Klinik ausgeholfen. Er hat mir geholfen, mit der unangenehmen Situation Peonys fertig zu werden. Und ihren Freunden."

„Peony?" Maxwells Gesicht wird leer. „Ich weiß nicht, na ja, wenn er derjenige war, der dir geholfen hat, Khy'ra ... Ein Gold und ..." Ein leichtes Lächeln von Khy'ra lässt ihn innehalten. „Ein Gold."

Daniel beobachtet das Spielchen, ein kleiner Teil von ihm fühlt sich wegen des Deals leicht schuldig. Es ist aber nur ein kleiner Teil, denn er schnappt sich den Schild und drückt Max das Gold in die Hand. „Vielen Dank! Hier ein Gold."

Die Freunde verbringen den Rest des Tages mit Einkäufen, halten an, um einige grundlegende Haushaltswaren für sich selbst und einige zusätzliche Vorräte für die Klinik zu besorgen. Khy'ra erwähnt gelegentlich Daniels Namen und seine Verbindung zur Klinik, obwohl es Daniel schwerfällt, zu verstehen, wann und warum sie das tut. Nach einiger Zeit gibt er es auf und genießt einfach ihre Gesellschaft. Die beiden unterhalten sich freundschaftlich über Khy'ras vergangene Heldentaten und die Stadt.

Während sie einkaufen, nimmt Khy'ra ihre Rolle als Fremdenführerin sehr ernst. Sie weist auf seriöse Geschäfte und Gastronomiebetriebe hin und erzählt mit unverhohlener Freude den Klatsch und Tratsch der Stadt. Da sie seit über zwanzig Jahren in der Stadt lebt und zu den ursprünglichen Einwohnern gehört, ist Khy'ra eine Quelle für Informationen über die lokale Geschichte, und mehr als einmal ist Daniel über ihr Wissen erstaunt. Es ist Daniel klar, dass Khy'ra eine tiefe Zuneigung zur Stadt und ihren Bewohnern hegt, die sie gerne an ihn weitergibt.

Am Abend finden sie sich auf auf Khy'ras Wunsch hin auf einem Hügel wieder, der die Stadt überblicken lässt. Der erste Schnee des Winters ist noch nicht gefallen, sodass der Abend zwar eine anregende Luft hat, diese aber noch trocken ist. Die Kälte hält den Hügel menschenleer, abgesehen von Daniel und Khy'ra. Als die Sonne untergeht, nimmt sich Daniel einen Moment Zeit, um die Stadt, in der er so viele Wochen verbracht hat, genauer zu betrachten.

Karlak wird zu einem Drittel seines Umfangs von einem Fluss halbiert und ist von einer leicht patrouillierten Holzmauer umgeben. Erbaut zwischen den sanften, bewaldeten

Hügeln, die den größten Teil des Landes hier ausmachen, bezieht Karlak seinen Stein und sein Erz aus den fernen Bergen, aus denen Daniel kam. Die Stadt liegt am äußeren Rand von Brads Grenzen und ist von unerforschten Wäldern umgeben, die durch ein Netz von staubigen Straßen verbunden sind. Die meisten Gebäude in der Stadt bestehen aus dem leicht zu beschaffenden Holz, Lehmziegeln oder schmutzigen Binsen, die von der Hügelkuppe aus die Unterschiede des Wohlstands aufzeigen.

„Du verwirrst mich, Daniel." Khy'ra ist auf ihren Ellbogen gestützt und starrt den jungen Mann neben sich. „Bist du wirklich so naiv oder nur so nett?"

„Hm?" Daniel fühlt sich überrumpelt und blinzelt nervös über die unlogische Schlussfolgerung.

„Du nutzt deine Gabe nicht aus. Du erwähnst nicht einmal deine Verbindung zur Klinik gegenüber den Händlern, die wir besuchen. Und doch nutzt du sie, ohne zu zögern ..."

„Ah ..." Daniel seufzt und lässt sich auf den Rücken fallen, um in den dunkler werdenden

Himmel zu starren. Diese Frage. Warum immer diese Frage? Er hebt die Hand und schirmt sich für einen Moment gegen das nicht vorhandene Sonnenlicht ab, bevor er spricht. „Mein Großvater hat immer gesagt, tu Gutes, aber erwarte niemals Dankbarkeit. Was ich tue, wenn ich heile, ist nicht für sie."

„Für wen ist es dann?"

„Mich." Daniel schließt die Augen. Er verstummt und lässt das Wort zwischen ihnen stehen. Unwillig und unfähig, das Ausmaß der Schuldgefühle zu erklären, die er hegt, die daher rühren, dass er eine Gabe wie die seine hat und sie nicht in vollem Umfang ausnutzt. Der ständige Druck durch andere nach dem Moment, als sich seine Gabe zum ersten Mal zeigte, die ständigen Forderungen, sie zu nutzen, um jemand Wichtiges zu sein. Der Druck und die Angst vor noch mehr waren der Grund, warum er nicht über das Ausmaß seiner Gabe sprach, sowohl über ihren Preis als auch über ihre volle Fähigkeit. Je weniger die Leute wussten, desto weniger konnten sie gegen ihn verwenden. Auf diese Weise konnten sie darüber rätseln, sie konnten vermuten, aber sie konnten es nicht wissen.

Khy'ra schürzt die Lippen und beobachtet die innerliche Zerrissenheit, die sich auf seinem Gesicht widerspiegelte, bevor sie eine Entscheidung fällt. Sie schwingt ihr Bein über seinen liegenden Körper und setzt sich auf seinen Schoß, um ihm einen Kuss auf die Lippen zu drücken. Als seine Augen aufspringen, lächelt sie. „Nun, Elise hat das eingefädelt. Also, sind wir?"

Lachend rollt Daniel sie auf den Rücken und erwidert den Kuss, wobei er tiefere Überlegungen für den Moment verdrängt.

# Kapitel 12

Eine Klinge rast auf sein linkes Auge zu, aber Daniel zuckt nicht zurück und hebt den Schild gerade so weit an, dass er die leichte Klinge abfangen kann. Sobald sich sein Arm zu bewegen beginnt, vertraut er auf seinen Instinkt und konzentriert sich deshalb darauf, nach seinem anderen Angreifer zu schlagen und den Doppelschlag auszulösen. Dem ersten Schlag weicht der Kobold hastig aus, der zweite zerquetscht sein Knie.

Anstatt sein Glück zu erzwingen, springt Daniel zurück, um sich von seinen Angreifern zu trennen. Den Angriff des zweiten Kobolds fängt er wieder mit seinem Schild ab und lenkt ihn diesmal zur Seite weg, sodass sein Streitkolben auf den Kopf des Monsters prallen kann. Der Kobold taumelt unter dem Schlag und stößt einen erstickten Schrei aus, als er sich aufzurichten versucht, aber er ist schnell erledigt, bevor Daniel sich auf den verbleibenden verstümmelten Kobold konzentriert, um den Kampf zu beenden.

Erleichtert atmet er aus und konzentriert sich darauf, seine Atmung zu verlangsamen, bevor Daniel schnell seine Umgebung überprüft und die Manasteine einsteckt. Immer noch keine Spur von dem verdammten roten Umhang ... Daniel verdrängt den Gedanken und grinst über den Fortschritt, den er gemacht hat. Ein weiteres Level und ein Schild haben die zweite Etage und die Koboldkrieger, gegen die er kämpft, deutlich leichter zu bewältigen gemacht. Ein höheres Level an Beweglichkeit bedeutet, dass er nun mit den Kobolden und ihren schnellen, kurzen Angriffen mithalten kann, während seine größere Kraft es ihm erlaubt, ihre Verteidigung gelegentlich ungestraft beiseite zu schmettern.

Er schaut auf seine Minikarte und die beiden Gänge, die sich vor ihm aufteilen, und wählt den rechten aus, in dem eine größere Höhle auf ihn wartet. Er weiß, dass die größere Höhle normalerweise ein paar Kobolde mehr beherbergt, wenn sie nicht schon von einem anderen Abenteurer geräumt wurde. Das Jagen von Kobolden machte fast schon Spaß, jetzt, wo er nicht mehr bei fast jedem zweiten Kampf niedergestochen wurde.

Nach zwei Stunden weiterer Kämpfe erhält er endlich die erhoffte Meldung.

***Level-Aufstieg!***

*Abenteurer Level 4*

*Du hast 5 Attributspunkte und 1 Skillkenntnis gewonnen, die du verteilen kannst.*

Er muss nicht einmal darüber nachdenken, da er mehr als nur ein paar Nächte damit verbracht hat, zu planen, welche Attribute und Skills er benötigt, um weiterzukommen. Er trifft eine schnelle Auswahl und ruft seine Statusseite auf, um die Ergebnisse zu überprüfen.

---

Name: Daniel Chai

Klasse: Abenteurer Level 4 (1%)

Unter-Klassen: Level 7 (Bergmann) (19%)

Mensch (Männlich)


Statistik

Leben: 201

Ausdauer: 201

Mana: 152

---

Attribute

Kraft: 18

Beweglichkeit: 19

Verfassung: 26

Intelligenz: 16

Willenskraft: 18

Glück: 13


Skills:

Waffenloser Kampf: Stufe 3 (01/100)

Keulen: Stufe 9 (11/100)

Schild: Stufe 5 (78/100)

Ausweichen: Stufe 4 (36/100)

Kampf-Sinn: Stufe 6 (72/100)

Wahrnehmung: Stufe 5 (16/100)

Bergbau: Stufe 7 (78/100)

Heilung: Stufe 7 (47/100)

Kräuterkunde: Stufe 3 (31/100)

Kochen: Stufe 2 (37/100)

Singen: Stufe 2 (14/100)


Skill Fertigkeit

Doppelter Schlag

Schild-Schlag

Kartierung (II)

> Zaubersprüche
> Geringfügige Heilung (I)
>
> Gaben
> Berührung des Märtyrers - Der Zaubernde kann sich selbst oder andere durch Berührung und Konzentration heilen und opfert dafür einen Teil seines Lebens. Die Kosten variieren je nach Ausmaß der geheilten Verletzungen.

Zufrieden setzt Daniel seine Suche nach der Truhe fort. Es dauert eine weitere Stunde, bis er sie findet. Die zweite Etage ist deutlich größer als die erste und erfordert daher viel mehr Zeit für die Kartierung und Suche. Er ist nicht einmal überrascht, zwei Elite-Kobolde zu sehen, die die Truhe bewachen. Die Wächter der zweiten Etage scheinen je nach Glück des Abenteurers zu variieren und entweder eine einzelne Elite und einen normalen Kobold oder zwei Eliten zu umfassen.

Daniel schaut noch einmal hinter sich, um sich zu vergewissern, dass ihm kein unberechenbarer Kobold oder ein roter Umhang folgt, und späht um die Ecke, bis die beiden Kobolde nicht mehr in Richtung seines Eingangs blicken. Er sprintet sofort vorwärts, wobei er sich so leise verhält, wie es für einen 1,70 Meter großen Mann mit Schild und Streitkolben in der Höhle möglich ist. Er schafft etwa die Hälfte des Weges, bevor der erste Kobold ihn bemerkt und eine Warnung ausstößt, die kurz darauf unterbrochen wird, als Daniel endlich nah genug herankommt, um mit seinem Streitkolben von oben nach unten zu schwingen und die Kreatur zu zerquetschen. Nur ein Zucken des Kopfes in letzter Sekunde rettet dem Elite-Kobold das Leben, aber der Streitkolben trifft ihn trotzdem an der Schulter, bricht ihm das Schlüsselbein und zwingt ihn in die Knie.

In dem Moment, in dem er wieder auf den Beinen ist, dreht sich Daniel und setzt den Schildschlag gegen den anderen Elite-Kobold ein, der bereits seinen eigenen Angriff vorbereitet hat. Daniels Angriff wird hastig ausgeführt, aber er prallt mit voller Wucht gegen das herausgestreckte Messer und schleudert Messer und Arm zur Seite. Die Elite ist nicht betäubt, aber Daniel hat jetzt mehr als genug

Zeit und Raum, um sich seinem ersten Gegner zu stellen und einen Doppelschlag auszuführen. Eine schnelle Serie von Schlägen, die beide treffen, beendet das Leben der verletzten Elite.

Daniel hält nicht inne, sondern wendet sich bereits seinem letzten Gegner zu. Seine schnelle Drehung verhindert, dass der Schlag der Elite mehr als einen oberflächlichen Schaden an seinem Arm anrichtet, und Daniel kauert sich unter seinen Schild, bereit, den Kampf zu beenden. Der Rest des Kampfes ist relativ eintönig, und auch weit weniger spektakulär, da Daniel die Elite mit schnellen Schlägen jagt, die den Kobold zwingen, sich zu verteidigen, bis ein gescheiterter Ausweichversuch den Kampf beendet.

Wie es inzwischen Tradition ist, dreht sich Daniel in dem Moment, in dem das Monster fällt, um, um seine Umgebung zu überprüfen. Immer noch kein roter Umhang. Er schreitet schnell zur Truhe, um seine rechtmäßige Beute an sich zu nehmen, bevor er die restlichen Manasteine mit einem breiten Lächeln auf dem Gesicht einsammelt. Heute war definitiv ein guter Tag.

# Kapitel 13

„Har!" Daniel grinst und spürt, wie die Messerklinge an seiner neu gekauften Rüstung abrutscht. Nie mehr von diesen zu kurzen Monstern in den Oberschenkel gestochen werden. Es war eine Qual, solche tiefen Angriffe mit seinem Schild abzublocken – entweder musste er stundenlang in der Hocke bleiben oder sein Schild auf einer angenehmen Höhe halten und riskieren, einen Block zu verpassen. Ein paar Wochen später hat Daniel nach einigem Geknausere und Sparen endlich eine Rüstung. Sie hat ihn mehr gekostet, als ihm lieb war, fast das Dreifache von dem, was er als Minenarbeiter zum Leben gebraucht hätte, aber sie war jeden Cent wert.

Natürlich verschwendet Daniel keine Zeit mit Schadenfreude. Sein Streitkolben schleudert in einem diagonalen Schlag auf den anvisierten Kobold herab, und zerschmettert ihn. Als der Kobold versucht, aufzustehen, wendet er sich und tritt ihm in die Seite, wobei er seinen Schild nahe bei sich hält, um die Angriffe der beiden anderen Kobolde, denen er gegenübersteht, zu vereiteln. Der Tritt hebt das kleinere Monster vom Boden ab, schmettert es in seine Kollegen und bringt die Gruppe aus dem Gleichgewicht.

Ein verketteter Angriff, der die Gruppe der Kobolde taumelnd und verletzt hält und mit einem Doppelschlag endet, beendet den Kampf kurz darauf. Neue Rüstung, neue Taktiken und ein weiteres Level haben Daniels Kampffähigkeiten deutlich gesteigert. Er kämpft heute souverän gegen zwei oder drei Kobolde und wird dabei meist nur leicht verletzt. Daniel macht sich nicht einmal mehr die Mühe, in den ersten oder zweiten Stock zu gehen, sondern arbeitet nur noch im dritten Stock und erledigt die dort zahlreicheren Kobolde. Bis heute hat er jedoch den Ort gemieden, an dem der Boss des Sektors und der Boss des Hauptgeschosses leben, und zog es vor, seine Fähigkeiten sicher einzusetzen. Heute jedoch ist der Tag, an dem er das Monster herausfordern würde.

Die Reise zur Höhle des Koboldhäuptlings dauert eine weitere Stunde, wobei der Abenteurer nach jedem Kampf eine Pause einlegt, um sich zu erholen. Als er sich der Kammer nähert, hört er einen Schrei, was ihn dazu bringt, sein Tempo zu beschleunigen. Sein plötzlicher, lauter Auftritt überrascht die

Kämpfer vor Ort für eine Sekunde und gibt Daniel genug Zeit, die Situation einzuschätzen.

Ein Abenteurer liegt zusammengerollt auf dem Boden, ihm fehlt ein Arm und er blutet, während seine Begleiterin dem Koboldhäuptling gegenübersteht. Sie ist die Schreiende, ihre Schwert-Dolch-Kombination schwankt, als die Angst sie übermannt. Der Koboldhäuptling hat eine einzelne große Wunde am Arm, ist aber ansonsten unversehrt. Zu Daniels Überraschung ist der Häuptling nicht größer als ein normaler Kobold mit seinen knappen 1,20 Meter, obwohl das Monster ein echtes Kurzschwert führt, das allerdings abgesplittert ist, und ein verrostetes Kettenhemd zum Schutz an seinem Oberkörper trägt. Die andere große Veränderung im Aussehen ist, dass der Kobold-Häuptling deutlich muskulöser ist als ein normaler Kobold, mit definierter Brust und kräftigen Armen.

Daniel schiebt andere Gedanken und die Sorge um die anderen Abenteurer beiseite und stürzt sich auf den Koboldhäuptling, der mit Leichtigkeit und hoher Geschwindigkeit ausweicht. Die Bewegung ist um einiges schneller als bei jedem seiner bisherigen Gegner.

Daniel verengt seine Augen über dem Schild und macht sich auf einen langen Kampf gefasst, denn er weiß, dass er hier kein Risiko eingehen kann. Er erinnert sich an seinen ersten Kampf mit einer Elite und beginnt zu täuschen und mit breiteren Schwüngen anzugreifen, um den Häuptling in die Enge zu treiben.

Der Häuptling knurrt Daniel an und wehrt einen Schwung mit dem Streitkolben mit seinem eigenen Kurzschwert ab, aber Daniels überraschende Kraft wirft ihn leicht zur Seite und zwingt den Kobold, sein Gleichgewicht anders zu verlagern, indem er einen Schritt rückwärts macht. Als er sich wieder erholt, trifft Daniels Rückhand den Häuptling an der Stirn, wodurch die Kreatur erneut stolpert. Daniel tritt wieder nach vorne, um seinen Vorteil auszubauen, wird aber durch das klirrende Geräusch von Metall auf Stein hinter ihm abgelenkt. Die weibliche Abenteurerin ist erschöpft und in Panik auf die Knie gefallen, ihre Waffen fallen auf den Boden.

Daniel wendet sich wieder seinem Kampf zu, nachdem er seinen Blick nur für eine Sekunde vom Kobold abgewandt hat, und wird von schwarzem Rauch begrüßt, der dort aufsteigt, wo der Kobold-Häuptling zuvor war. Ein vorsichtiger Schwung durch diesen Rauch zeigt, dass sich dahinter nichts Weiteres verbirgt, also dreht sich Daniel herum und sucht nach seinem Gegner.

Der Häuptling taucht hinter der schockierten Abenteurerin wieder auf. Er schreit eine Warnung, doch Daniel kommt zu spät, denn der Häuptling sticht bereits zu, zielt jedoch nicht auf die Abenteurerin, sondern auf ihren verletzten Freund und schneidet ihm genüsslich die Kehle durch. Vor Wut schreiend durchquert Daniel den Raum und verpasst dem blutrünstig lächelnden Kobold einen Schildschlag, woraufhin die Kreatur fassungslos zurücktaumelt. Daniel gibt der Kreatur keine weitere Chance sich zu erholen und schlägt mit schnellen Schlägen auf sie ein, wobei seine Technik auf der Strecke bleibt, da die Wut ihn verzehrt.

Daniel keucht und beugt sich vor, nachdem der Häuptling endlich zu Boden gegangen ist, denn er hat dem Monster nach der ursprünglichen Betäubung keine Atempause gegönnt. Irgendwann hatte es der Koboldhäuptling geschafft, einen Stoß unter seinen Brustpanzer zu schieben, direkt über seine Hüften, und erst jetzt spürt Daniel ihn richtig. Er hat jedoch keine Zeit, sich um seine eigenen Wunden zu kümmern, denn er eilt zu den beiden Abenteurern hinüber.

„Hey. Geht es dir gut?" Als er keine Antwort erhält, legt er eine Hand auf ihre Schulter und schickt seine Gabe in ihren Körper, findet aber nichts Wesentliches zum Heilen. Er beugt sich hinunter, um den armlosen Leichnam zu berühren, und sendet erneut die Energie seiner Gabe aus. Vergeblich. Seine Gabe findet keinen Halt in der seelenlosen Leiche, kommt zu ihm zurück und Daniel neigt für einen Moment den Kopf in stiller Trauer um die beiden.

Unfähig, etwas für die beiden zu tun, wendet er seine Aufmerksamkeit wieder seinen eigenen Verletzungen und der Beute zu. Eine Reihe von schnellen Heilungen bringt ihn wieder in Ordnung, bevor er den Raum plündert. Als er zur Leiche zurückkehrt, rollt er den Abenteurer um, durchsucht ihn kurz und entfernt den Geldbeutel vom Körper des Abenteurers. Er drückt der Abenteurerin den Beutel in die Hand und hilft ihr, ihre Waffen abzulegen. Sie reagiert auf seine direkten Anweisungen und die helfende Hand, tut aber sonst wenig. Ihr Körper beginnt bereits vor Schock zu zittern.

Stunden später gelingt es Daniel schließlich, die Frau aus dem Dungeon zu führen. In dem Moment, in dem die untergehende Sonne ihr Gesicht trifft, reißt sie sich schreiend ihren Gürtel und ihre Waffe vom Leib und wirft sie auf den Boden, bevor sie aus dem Dungeon rennt. Daniel geht auf ihre fliehende Gestalt zu, wird aber von einer Hand auf seiner Schulter aufgehalten.

„Lass sie." Daniel dreht sich um und sieht den Wachmann, der in seiner ersten Nacht die Wette verloren hat. Besorgte braune Augen starren aus dem bärtigen Gesicht, während er den jungen Abenteurer festhält. „Wir werden ein Auge auf sie werfen und aufpassen, dass sie keinen Schaden anrichtet. Weder sich selbst noch anderen. Und wenn die Zeit gekommen ist, bringen wir sie zu einem Priester. Du hast deinen Teil getan; du hast sie rausgeholt."

Daniel nickt langsam. Ein Teil von ihm möchte helfen, aber hauptsächlich ist er froh. Seine Gabe war mächtig, aber sie hatte Grenzen, und der Geist war eine Sache, die er nicht heilen konnte. Das hier lag außerhalb seines Zuständigkeitsbereichs. „Okay."

Auf der anderen Seite bückt sich der größere, glatzköpfige Begleiter der Wache, um die Waffenscheide, den Gürtel und den daran befestigten Münzbeutel zur Aufbewahrung abzuheben. Der bärtige Wachmann betrachtet Daniel und legt nachdenklich den Kopf schief: „Du siehst nicht allzu erschüttert aus. Die meisten Neulinge kommen mit ihrem ersten Tod nur schwer zurecht."

Daniel grunzt und blickt zurück in den Dungeon, bevor er antwortet: „Es ist nicht mein erster. Die Minen waren auch nicht sicher."

Der Wachmann grinst und klopft Daniel auf die Schulter. „Guter Mann. Behalte das im Hinterkopf, dann schaffst du es vielleicht bis ganz nach unten. Ich heiße Ken, und der stumme Kerl da ist Curtzman."

„Daniel." Daniel blickt zurück zum Eingang, bevor er murmelt, was ihn beschäftigt:

„Ich habe seine Leiche da hinten liegen lassen. Konnte ihn nicht tragen und gleichzeitig auf sie aufpassen ...“

„Mach dir keine Mühe; der ist weg. Der Dungeon wird ihn schon mitgenommen haben. Das ist das Grab eines Abenteurers.“ Ken zuckt mit den Schultern, bevor er Daniel auf die Schulter klopft. „Gib lieber deine Steine ab; du zahlst heute Abend im Top.“

Daniel öffnet den Mund, um gegen die Beharrlichkeit des Wächters zu protestieren, aber nach einem Moment schließt er ihn wieder. Er brauchte einen Drink, und so grob und egoistisch es auch war, die Einladung war freundlich gemeint. „Dann bis heute Abend.“

# Kapitel 14

Ein Finger fährt über seine Brust, als Khy'ra Daniel in ihrem Bett anlächelt. Die Stadt ist von einem weiteren Schneefall weiß bedeckt, was nur von den kreuz und quer verlaufenden Spuren der Karren unterbrochen wird, die für die Tagesarbeit bereit gemacht werden. Die letzten Wochen hatten die aufkeimende Beziehung zwischen der Elfe und dem Menschen vertieft, obwohl aufgrund ihrer Natur und ihres Berufes immer noch eine vereinbarte, gegenseitige, emotionale Distanz gewahrt wurde. Das Leben war in eine angenehme Routine übergegangen, sie sahen sich, wenn es ihre Zeitpläne erlaubten, aber keiner von ihnen bestand auf mehr, als der andere zu geben bereit war.

Für Khy'ra würde die Beziehung zu Daniel immer eine vorübergehende sein, wie jede Beziehung zu einem sterblichen Menschen. Es ist ein Fluch ihrer Art und der Grund, warum sich so wenige Elfen darauf einließen, unter den kurzlebigeren Spezies zu leben und zu arbeiten. Nur wenige wollten sich mit dem emotionalen Tribut auseinandersetzen, wenn sie mit ansehen mussten, wie einer nach dem anderen ihrer Freunde heranwuchs und starb, wieder und wieder. Khy'ra selbst wurde als höchst ungewöhnlich angesehen, nicht nur wegen ihrer Beharrlichkeit, mit den kurzlebigen Spezies zu interagieren, sondern auch, weil sie eine Heilerin unter ihnen wurde. Es wäre nicht ganz fair zu sagen, dass andere Elfen ihre Arbeit unter den mittellosen Menschen und Beastkins als vergeblich ansahen, als ein Aufschieben des Unvermeidlichen, aber es war auch nicht weit hergeholt.

„Wie läuft es denn so?" fragt Khy'ra und genießt es, Daniels haarlose Brust zu berühren. Sicher, sie mochte etwas ungewöhnlich sein, aber sie verspürt kein fleischliches Verlangen nach den haarigen Teppichen, die viele andere Menschen und Zwerge auf ihren Körpern tragen.

„Mmm ... gut. Sehr gut. Ich bin gestern in die vierte Etage gegangen, habe mich registriert und bin dann wieder in die dritte gegangen. Ich glaube, ich bin bereit, es morgen zu versuchen." Er rollt sich auf die Seite, küsst sie und grinst, während er mit den Augenbrauen wackelt. „Heute ist aber noch ein ... Shopping ... Tag."

Sie schnaubt und drückt sich an Daniels Brust. „Nein ... einige von uns müssen tatsächlich arbeiten."

Grinsend spielt Daniel seine Trumpfkarte aus, beugt sich hinunter und knabbert sanft an ihren spitzen Ohren. Sie stöhnt leicht und flüstert dann leise: „Vielleicht kann ich etwas zu spät kommen ..."

***

Während er fröhlich pfeifend Khy'ras Haus verlässt, denkt Daniel über sein Glück in den letzten paar Monaten nach. Das anfängliche, kostenlose Training hat ihm einen Vorsprung verschafft und seine Kampffähigkeiten so weit verfeinert, dass er fortgeschrittenere Angriffe und Taktiken als nur *„Sehen-Zerschmettern"* anwenden kann. In den letzten Wochen hat er sich, zunächst widerwillig, jetzt aber routinemäßig, Ken, Curtzman und den anderen Wächtern und sogar einigen älteren Abenteurern angeschlossen, um abends nach seiner Rückkehr aus dem Dungeon im Top zu trinken. Elise warf ein Auge auf den jungen Abenteurer, wenn er das tat, und schickte ihn oft ins Bett, wenn er zu lange blieb. Sie bemutterte ihn mit der geschickten Hand einer erfahrenen Gastwirtin.

Es waren die Ratschläge der Abenteurer und Wachen, die seine Agenda für diese Einkaufstour bestimmten. In der vierten Etage gab es mit der Einführung des Draxillan Crawlers und der im Dungeon eingebauten Fallen eine große Veränderung im Dungeonlayout. Der Draxillian Crawler war eine seltsame Bestie, die zäher war als jeder Kobold und die in ihrem grauen Panzer und mit ihren zwölf Beinen mit Leichtigkeit Wände hinauf und Gänge hinunter huschte. Diese Monster wichen Fallen routinemäßig aus, in denen sich unvorsichtige Abenteurer verfangen konnten. Ihre größte Bedrohung lag jedoch nicht in ihren kämpferischen Fähigkeiten, sondern in dem, was sie ausstießen. Die Fäkalien des Crawlers wurden mit einer von ihm ausgeschiedenen Chemikalie zu einer schnell härtenden Substanz vermischt, die die Härte von Stein hatte. Sie war bei den Baufirmen sehr begehrt, aber im Dungeon verdreckten die Crawlers oft die Ein- und Ausgänge der Kammern, veränderten ständig die Layoutebene und trieben Abenteurer in Fallen und Sackgassen.

Die Stadt heuerte Abenteurer an, um die neu geschaffenen Blockaden zu beseitigen, aber es war ein nie endender Kampf, der die von der Gilde verkaufte Karte der Ebene sowohl zu einer Notwendigkeit als auch zu einer Verschwendung machte.

„4 Fläschchen Glühwürmchenserum, 12 Meter Seil, Befestigungsmaterial für die Seile und ein Hammer." Im Gemischtwarenladen listet Daniel dem Besitzer seinen Bedarf auf. „Außerdem 2 Dutzend Fallenkugeln, ein Dutzend Scheffel Salbei und die Wattebäusche."

Der Besitzer des Ladens, ein kleiner, älterer Mann, eilt davon und kommt mit den ordentlich verpackten Waren zurück. „Vierte Ebene?"

Daniel nickt, während er bezahlt, bevor er vom Besitzer aufgehalten wird, dessen Hand mit einem kleineren Glaskanister unter dem Tresen hervorkommt, in dem Glühkristalle ein weiches, warmes Licht verbreiten. „Für dich. Es kann dunkel werden da unten. Viel Glück, Daniel."

Daniel nimmt das Licht automatisch an sich und fragt gleichzeitig: „Kennen wir uns?"

„Ich nicht. Mein Cousin arbeitet in der Klinik und hat mich vor einer Weile auf dich aufmerksam gemacht.“

„Oh ...“ Daniel nickt dankend, nimmt das Bündel mit seinem Einkauf an sich und macht sich auf den Weg zum Waffenschmied. Wie bei den meisten Abenteurern beschränkt sich Daniels Kontakt mit der normalen Stadtbevölkerung auf einige wenige Läden, die sich direkt um deren Bedürfnisse kümmern. Waffenschmiede, Schmiede, der Apotheker, ein paar Gasthäuser, in denen sich die Abenteurer versammeln. Doch eine Stadt kann nicht nur von diesen Dingen leben, und außerhalb des direkten Wirkungskreises der Abenteurer gibt es Bauern, Schneider, Ladenbesitzer, Maurer und andere, die von den Geldern leben, die aus dem Dungeon fließen. Nur Daniels fortwährende Anwesenheit in der Klinik und seine Beziehung zu Khy'ra machen seine Anwesenheit für die Stadtbewohner deutlich.

In der Waffenkammer stupst Maxwell Daniels Panzer an, bevor er ihn dazu bringt, auf der Stelle zu springen, während er seine Hände hochhält, um sicherzustellen, dass er richtig sitzt.

Mit einem anerkennenden Grunzen bringt Max Daniel dazu, sich noch einmal zu drehen und sich zu bücken, um die Glieder und Verschlüsse zu überprüfen, bevor Max schließlich mit einem anerkennenden Brummen feststellt: „Es wird schon gutgehen.“

„Danke, Max. Es fühlt sich großartig an, einfach großartig. Ich spüre das Gewicht kaum noch“, schwärmt Daniel, dankbar für die kostenlose Anprobe, die Max gestern Abend angeboten hat. Er hat sogar etwas Blut von der gebrauchten Rüstung abgewischt und sie damit zumindest teilweise in den Zustand vor Daniels Nutzung zurückversetzt.

„Der vierte Stock ist schon schlimm genug, auch ohne schlechtsitzende Rüstung. Hol dir einfach eine richtige Stahlrüstung, bevor du die siebte Etage erreichst, ja? Diese Oger werden das hier durchschlagen“, sagt Max.

Daniel nickt enthusiastisch, bezahlt und macht sich dann auf den Weg, ohne sich die Mühe zu machen, die Rüstung auszuziehen. Die neu überarbeitete Rüstung war so bequem, und Daniel fand insgeheim, dass er in ihr ziemlich schneidig aussah. Er kann es kaum erwarten, morgen den vierten Stock auszuprobieren.

***

„Ich hasse die vierte Etage", schimpft Daniel, als er am nächsten Abend auf seinem Platz neben seinen üblichen Trinkpartnern zusammensackt. Er leert seinen Becher und winkt Elise zu, damit sie ihm nachschenkt.

„Hah!" Eine riesige Hand klopft ihm auf den Rücken und lässt Daniel in seinem Sitz nach vorne springen, während Ken und seine Freunde über den neuen Abenteurer lachen. „Jetzt bist du ein echter Abenteurer."

„Ein echter Abenteurer?" fragt Daniel verwirrt.

„Oh ja, du bist erst einer, wenn du den vierten Stock geschafft hast." Lachend erhebt Ken sein Glas und ruft: „Auf die Crawler!"

Der Jubel und die schallenden Trinksprüche lassen Daniel misstrauisch in die Runde schauen. Ken lächelt und erklärt: „Es gibt zwei Gruppen von Abenteurern, die in die vierte Etage gehen. Wir nennen sie die Bauern und die

Abenteurer. Die Bauern lieben es - es ist gutes, beständiges Geld, die Crawler für ihre Steine und Beutel zu töten. Kombiniert man das mit der Bezahlung durch die Gilde, um die Gänge freizuräumen, kann man einen anständigen Lebensunterhalt verdienen. Das sind sie ..." Ken nickt denjenigen zu, die sich seinem Toast angeschlossen haben.

„Und dann gibt es noch die echten Abenteurer. Ihr hasst die mittleren Etagen, weil ihr nur stark werden und nach unten kommen wollt. Gar nicht so einfach, wenn man den halben Tag damit verbringt, nach Fallen zu suchen, von Sackgassen zurückzulaufen, die am Tag oder sogar eine Stunde zuvor noch nicht da waren, und nur gelegentlich zu kämpfen. Du, Junge, du bist ein Abenteurer. Ich wusste es, als wir das erste Mal miteinander sprachen."

Daniel seufzt und nickt zustimmend. Die vierte Etage war, mit der richtigen Vorbereitung, nicht schwer. Es war nur langatmig und frustrierend.

„Vergiss nicht, Junge, es ist alles ein gutes Training. Überstürze es nicht - die Oger im nächsten Sektor würden dich platt machen", sagt Ken.

***

Noch mit Kens vorsichtigen Ratschlägen im Kopf ist Daniel am nächsten Morgen wieder früh auf den Beinen. Hätten die Crawler nicht deutlich bessere Manakristalle als die Kobolde, wäre sein Einkommen noch drastischer gesunken, selbst wenn man den Verkauf der Chemiebeutel hinzurechnet, die ein zusätzlicher Teil der Beute waren. So wie es aussieht, hat er gestern immer noch ein Drittel seines regulären Einkommens verloren.

Daniel reist über den Portalstein in den vierten Stock und macht sich innerlich bereit, bevor er den Stein berührt. Er keucht, als das Mana aus dem Stein fließt und in seinen Körper eindringt. Die Kälte ist so intensiv, dass er einen Moment lang nicht atmen kann, bevor Nadelstiche durch seinen Körper schießen. Der Schmerz ist unvergleichbar und hält einen Moment an, bevor er sich in der vierten Ebene neben dem Portalstein wiederfindet. Daniel hebt automatisch seinen Schild und geht in die Hocke. Erst als er keinen Feind findet, der ihm auflauert, entspannt er sich und hört auf zu zittern.

Im Geiste begutachtet er die Karte, die er gestern erstellt hat, und wählt den Weg nach rechts, klettert über umgestürzte Felsen und späht in den engen Durchgang. Er bewegt sich vorsichtig vorwärts und stößt bei jedem Schritt mit seinem Streitkolben gegen den nächsten Stein, um sich zu vergewissern, dass er fest ist und sein Gewicht tragen kann, bevor er weitergeht.

Der Durchgang ist kurz und mündet in eine kleine Höhle. Er zieht eine Fallenkugel aus seiner Tasche und lässt sie unter sich fallen, um den Boden zu testen, bevor er die Ecken der Höhle in Augenschein nimmt. Da er keine weiteren Ungereimtheiten sieht, klettert er langsam den Gang hinunter und hebt die Kugel auf, um sie vor sich über den Boden rollen zu lassen.

Auf diese Weise durchquert Daniel zwei weitere Gänge, bevor er auf seinen ersten Crawler des Tages trifft. Der Crawler hockt am Ende des Ganges und klopft neu verlegten

Abfall in Form, während er die Chemikalie aus seinem Maul speit. Daniel sieht die Kreatur zuerst und rennt los, in der Hoffnung, sie unbemerkt zu erwischen. Diese Hoffnung stirbt, als der Crawler in letzter Sekunde aufschaut, seinen mit einem Panzer bedeckten Körper zur Seite schwingt und einen Teil von Daniels Schlag abwehrt. Die krabbelnden Beine auf der einen Seite beginnen sich zu bewegen, während er zurückweicht und sich Platz verschafft, um Daniel anzugreifen, aber er wird durch den Abenteurer ausgebremst, der einige der Beine zu Brei schlägt.

Vor Schmerz schwingt der Crawler seinen Körper zurück zu Daniel und versucht, sein höheres Gewicht zu nutzen, um den kleineren Abenteurer zu zerquetschen. Daniel springt zurück und kann dem Monster in der Enge der Höhle kaum ausweichen. Er schwingt erneut und zerbricht einen Unterkiefer, als sich das Monster zurückzieht, um ihn zu beißen. Als es auf den Schmerz reagiert, schlägt er seinen Streitkolben nach oben, bevor er einen Schildschlag auslöst. Der Crawler taumelt verletzt nach hinten, und Daniel verschafft sich einen Vorteil. Zu schnell, denn er vergisst, dass die Kreatur sich auch mit dem Rücken ausholen kann. Der Schlag erwischt Daniel hoch oben am Körper und schleudert ihn gegen die nächste Wand.

Daniel kämpft sich zurück auf die Beine, Schulter und Brust schmerzen, aber auch der Crawler ist verletzt. Mit wütenden Schreien steht Daniel auf, springt nach vorne und schlägt der Kreatur mit seinem Hammer auf den Kopf, was ihr das Gehirn zermürbt und den Kampf beendet. Keuchend wartet Daniel, bis sich der Rauch verzogen hat, und sammelt dann den Beutel und das Mana ein.

Ein guter Anfang, wenn auch schmerzhaft. *Jetzt muss ich mehr Monster finden*, denkt er, während er in den Gang geht. Langsam und geduldig, das war der richtige Weg.

# Kapitel 15

„Nein."

Daniel bleibt ruckartig stehen und zieht seinen Fuß von dem Schritt zurück, den er gerade machen wollte. Er dreht sich um, um die Gegend zu überblicken, und bemerkt erst dann die Gestalt, die ein paar Meter rechts von ihm auf einem Ausläufer sitzt. Er runzelt die Stirn; die in einen extrem schmutzigen Umhang gehüllte Gestalt ist winzig, sieht aber völlig entspannt aus.

Es ist sein erster Tag in der fünften Etage, und bisher war es genauso frustrierend wie die vierte Etage, wenn nicht sogar noch frustrierender. Fallen, Verzögerungen, Überraschungsangriffe und mehr. Er beugt sich hinunter und versucht, das Problem zu erkennen, während er fragt: „Warum?"

„Falle."

„Dachte ich mir." Daniel schnaubt und gewinnt dann wieder die Fassung. „Danke. Aber was für eine Falle ist es?"

„Sturzbühne." Als sie Daniels verwirrtes Gesicht sieht, deutet sie nach oben.

Er blickt auf und mustert den Stalaktiten, bevor er langsam einen weiten Schritt zurück macht. Eine einzelne Fallenkugel ist bereits über den Boden gerollt, ein Teil der Vorsichtsmaßnahmen, die er inzwischen einsetzt, also verwendet er jetzt zwei und rollt beide gleichzeitig den Gang hinunter. Dieses Mal reicht der Druck aus, um diese und eine weitere Falle weiter unten im Korridor auszulösen.

„Laut." Die Hände zum Kopf erhoben, hüpft die andere Abenteurerin leichtfüßig neben Daniel her. Die Gestalt vor ihr überrascht Daniel für einen kurzen Moment; Beastkin waren ein ungewöhnlicher Anblick, obwohl er wusste, dass sie einen höheren Anteil an der Abenteurerpopulation ausmachten, als ihre Randgruppe vermuten ließ. Er stellt fest, dass es sich um eine katzenartige Beastkin mit schwarzem Fell und großen, jadefarbenen Augen handelt, die nur ein wenig kleiner als seine eigenen 1,80 m ist. Sie beugt sich nach vorne, ihre Schnurrhaare kitzeln sein Gesicht mit ihrer leicht verlängerten Schnauze, während sie an ihm schnüffelt, bevor sie sich von ihren Zehenspitzen herabfallen lässt und ihm durch ihre Nähe einen kurzen Hauch ihres duftenden Moschus gibt. Ein Teil von ihm stellt fest, dass sie animalischer aussieht als viele andere, eher wie ein ausgewachsener Jaguar, der gezwungen ist, aufrecht zu gehen, als ein Mensch mit Katzengesicht. Aus seiner Zeit in der Stadt wusste er, dass die Beastkin in ihrem Aussehen sehr unterschiedlich sind, obwohl viele eher menschlich aussehen. Die weibliche Abenteurerin zeigt den Weg hinunter und deutet auf die ganz linke Abzweigung, bevor sie weiterspricht. „Schwarm. Hilfe?"

Er rätselt einige Augenblicke über ihre Worte, bevor er begreift, dass sie ihn bittet, sich dem Schwarm anzuschließen, um ihn zu bekämpfen. Daniel ist bisher nur einmal auf einen kleinen Schwarm gestoßen, und der Kampf hatte ihn erschöpft und verletzt zurückgelassen. Ein halbes Dutzend Crawler, selbst mit seiner neuen Rüstung, wäre ihm fast zum Verhängnis geworden. „Vielleicht. Wie viele?"

„Einer. Zwei. Viele?" Sie hält inne und beobachtet, wie er zusammenzuckt, bevor sie über ihren eigenen Scherz grinst. „Neun."

Er schnaubt, seine braunen Augen verengen, während er die Gewinnchancen in seinem Kopf durchgeht. „Ja, okay."

Sie grinst ihn breit an, tritt einen Schritt vor und geht voran. Als er bei den Kugeln ankommt, hebt Daniel beide auf und bemerkt, dass eine stark angeschlagen ist. Er seufzt und stellt fest, dass er vielleicht bald wieder einkaufen gehen muss, da sein Vorrat fast aufgebraucht ist.

Es dauert nur zehn Minuten, bis sie sich auf den Weg zum Schwarm machen. Beim Hineinspähen zieht Daniel eine Grimasse und sieht seine neue Begleiterin an, um über Strategien zu sprechen. Daniel kommt jedoch zu spät und sieht gerade noch die schnellen Bewegungen der Beastkin, die sich an ihm vorbeiduckt und bereits ihre Messer auf die Crawler wirft.

Daniel stöhnt auf und stürzt sich auf das nächstgelegene Monster, wobei er bemerkt, dass es bereits von den präzisen Würfen der Beastkin geblendet wurde. Er schlägt mit seiner Keule zu und zerquetscht den Panzer, bevor er das Monster hochstößt und es dann mit seinem Schild auf ein weiteres auf ihn zukommendes Monster schmettert.

Nachdem das erste Monster besiegt ist, tritt Daniel einen Schritt zurück und macht sich bereit, gegen den Schwarm von Crawlern zu kämpfen, die es auf ihn abgesehen haben. Im Augenwinkel bemerkt er, dass die Beastkin an der Seite der Höhle hochgeklettert ist und ihre Messer wirft, um die Feinde, die sich jetzt auf ihn stürzen, abzulenken und zu verletzen, wobei sie die beiden Crawler ignoriert, die begonnen haben, die Wand zu ihr hochzukrabbeln. Die Klingen sind gut gezielt, die meisten finden Lücken im Panzer, aber schon nach wenigen Augenblicken des Kampfes urteilt Daniel, dass die Wurfmesser nicht mehr als schmerzhafte Ärgernisse für diese Kreaturen sind. Es wird an ihm liegen, ihre Gegner zu erledigen.

Er gleitet nach rechts, weicht dem Ausfallschritt eines Crawlers aus und aktiviert einen Doppelschlag, der seine Beine auf einer Seite zertrümmert, bevor er die Kreatur wieder wegtritt. Ein weiterer Angriff wird von seinem Schild abgefangen und er nutzt die Zeit, um dem Angreifer einen Schildschlag zu verpassen und seine vorübergehende Verwirrung zu nutzen, um ein paar weitere Schläge zu landen. Gerade als er mit diesem Monster fertig ist, nimmt ein anderes den Platz seines Gegners ein, dessen

Unterkiefer jedoch von seiner Rüstung abprallt, da es sich nicht festbeißen kann.

Der Kampf ist hart, die Crawler umschwärmen Daniel auf Schritt und Tritt. Daniel ist gezwungen, sich darauf zu konzentrieren, sie zu verletzen und zu behindern, und ist nicht in der Lage, einen Kill zu beenden, da er sich ständig bewegt und angreift. Ein falscher Schritt lässt ihn jedoch für einen kostbaren Moment das Gleichgewicht verlieren, einen Moment, den ein Crawler nutzt, um sich an seinem Bein festzuhalten und ihn von den Füßen zu reißen. Sein Mundwerkzeug schließt sich um sein Schienbein und versucht, den Knochen zu zertrümmern, was nur für kurze Zeit durch seine Beinschienen aufgehalten wird.

Der Sprung der Catkin auf die Kreatur lässt sie zu Boden stürzen, und sie schnellt nach vorne, um dem Crawler ihre Dolche in die Augen zu stoßen. Der Crawler lässt Daniel los, der zurück und auf die Füße krabbelt, während die Catkin wegspringt und einem Angriff von hinten geschickt ausweicht.

Der Rest des Kampfes vergeht ohne weitere lebensbedrohliche Zwischenfälle, und am Ende sackt Daniel zwischen den Körpern zusammen. Schweiß bedeckt ihn und klebt ihm die braunen Haare an die Stirn. Er nimmt seinen Helm ab, um sich etwas abzukühlen, und stellt fest, dass die Catkin überhaupt nicht zu schwitzen scheint. Andererseits, schwitzen Katzen? Nach einer kurzen Pause machen sie sich daran, die Manasteine und die zusätzlichen Beutel einzusammeln. Zum Glück brauchen sie die Fäkalien nicht nach oben zu schleppen - die angeheuerten Abenteurer, die für die Gilde arbeiten, machen das mit den kaputten Ausgängen, wo Alchemisten sie wieder in ihre Bestandteile auflösen, um daraus Chemiebeutel zu erhalten.

Nachdem die Arbeit erledigt ist, wendet sich Daniel an die Catkin, die gerade dabei ist, ihre Dolche mit einem Tuch und Wasser zu reinigen. „Danke."

„Noch mehr?" Sie deutet den Weg hinunter, während sie ihr Tuch zwischen einer beeindruckenden Reihe von Messern ablegt.

„Warum nicht?"

---

***

„Warum habe ich nicht schon früher mit jemandem zusammengearbeitet?" grübelt Daniel vor sich hin, als sie nach einem sehr erfolgreichen Tag den Dungeon in ein frostiges Winterwetter hinein verlassen. Dank der Fähigkeit der Catkin, Fallen zu spüren und die Crawler zu erschnüffeln, war er heute schneller unterwegs und musste weniger zurücklaufen. Andererseits war er mehr als einmal in der Lage, sie dank seiner eigenen Kartierungsfähigkeiten zu einem schnelleren Eingang oder Ausgang zu führen. Und es war offensichtlich, zumindest für Daniel, dass die Catkin Probleme mit dem Kampf gegen die Crawler hatte. Sie konnte ein oder zwei ohne Probleme alleine töten, aber im fünften Stockwerk kamen die Crawler oft in größerer Zahl. Ohne die rohe Kraft, ihren Panzer zu zerschlagen, war die Catkin gezwungen, einen langsamen Zermürbungskampf unter großer Gefahr für sich selbst zu führen.

Es gab jedoch eine Sache, die Daniel an ihrer Partnerschaft stört, und als die Catkin losläuft, stürzt er nach vorne, um sie an der Schulter zu berühren. Sie knurrt, kauert sich zusammen und fährt ein paar Krallen aus, bevor sie merkt, dass er es ist und sich wieder etwas entspannt, obwohl sie immer noch vor dem Abenteurer zurückweicht.

„Sorry! Ich weiß nur nicht, wie du heißt." Daniel entschuldigt sich und zieht seine Hand zurück.

„Asin", säuselt sie und stützt eine Hand auf ihre Brust. Sie deutet auf ihn und murmelt: „Daniel."

„Ja." Er fragt sich, woher sie seinen Namen kennt, verwirft den Gedanken aber. „Weißt du, wir haben das ziemlich gut gemacht. Hast du Lust, das morgen wieder so zu machen?"

Asin hält inne und mustert den jungen Mann von oben bis unten. Daniel ist ihr nicht unbekannt, die Klinik ist einer der wenigen Orte, die Beastkin zur Behandlung aufnehmen, und als solche haben alle Mitarbeiter der Klinik einen gewissen Bekanntheitsgrad unter Randgruppen in Karlak. Außerdem hat sie in den letzten Tagen heimlich die Fortschritte des jungen Mannes beobachtet, während er sich durch das Level arbeitete. In Wahrheit lagen Daniels Einschätzungen über ihre Fortschritte goldrichtig, und sie hatte sich überlegt, eine Etage zurückzureisen, um Kraft zu sammeln, bevor sie die fünfte Etage in Angriff nahm. All diese Gedanken gehen ihr schnell durch den Kopf, bevor sie zustimmend nickt und dem jungen Mann zum Abschied winkt, während sie sich auf den Weg in die Gilde macht, um ihre gesammelte Beute zu looten.

***

„Mein Cousin sagt, dass es diesen Winter viel Bewegung in den Borderlands gab. Das letzte Mal, als das passiert ist, gab es den ganzen Winter lang Überfälle", erklärt Ken von seinem üblichen Tisch aus. Die Wachen um ihn herum nicken verständnisvoll und erinnern sich daran, dass sein Cousin ein Griffin Scout für das Königreich ist. Die Wache war zwar ein Großmaul, aber bei den wichtigen Dingen hat er nicht gelogen, und Ork-Raider waren definitiv wichtig.

Daniel winkt der Gruppe zu und bekommt das Ende der Unterhaltung mit, als er sich mit einem Krug Bier in der Hand zu ihnen an den Tisch setzt. Mit einem zufriedenen Seufzer lässt er sich auf seinen Platz plumpsen und nimmt einen großen Schluck Bier.

„Guten Tag gehabt?" Ungewöhnlicherweise ist es Curtzman, der nach der anfänglichen Begrüßungsrunde zuerst spricht, als er die entspannte Stimmung des jungen Mannes bemerkt.

„Ja, das war es. War sehr gut heute. Ich habe eine Catkin getroffen, und wir haben zusammen an der Reinigung des fünften Stocks gearbeitet. Ich habe ein paar Nester beseitigt", antwortet Daniel ziemlich stolz. Zusammen mit Asin hat Daniel heute deutlich mehr geschafft als an jedem anderen Tag zuvor, und sie hatten noch nicht einmal den ganzen Tag zusammengearbeitet. Er konnte den morgigen Tag kaum erwarten. Deshalb ist Daniel auch nicht auf ihre Reaktionen vorbereitet.

„Beastkin“, spuckt eine Wache das Wort aus, die anderen verziehen ihre Gesichter bei der Wahl von Daniels Begleitung. Nicht wenige schütteln den Kopf, ihre Wertschätzung für den jungen Abenteurer sinkt ein wenig.

„Was? Warum?“ Daniel runzelt die Stirn und fragt sich, was mit seinen Freunden los ist.

„Sieh mal, wir sind nicht voreingenommen oder so, Daniel, aber wir sind Wachen, weißt du.“ Auf Daniels Nicken hin fährt Ken fort: „Beastkin, nun ja, sie machen die Hälfte unserer Arbeit aus, dafür, dass wir so wenige sind. Es scheint, als ob wir jedes Mal, wenn wir uns umdrehen, einen anderen von ihnen fangen und einsperren müssen. Die meisten von ihnen sind einfach nur Kriminelle. Gelegenheitsdiebe, Betrüger, Hochstapler und mehr. Sie sind entweder Diebe oder Abenteurer, und die Abenteurer sind nicht viel besser.“

„Nur Ärger. Wir sollten sie einfach rausschmeißen“, brummt eine andere rothaarige Wache.

Daniel runzelt die Stirn, starrt seine Freunde an und denkt über ihre Worte nach. Er war keine Wache, also konnte er nicht über ihre

Erfahrungen sprechen, aber … „Sie war sehr hilfreich für mich. Sie wusste, wo alle Fallen waren, und hat mir Rückendeckung gegeben, wenn ich sie brauchte. Wir sind wirklich gut vorangekommen."

Ken hält beschwichtigend die Hände hoch: „Ich bin sicher, dass sie gut ist. Es gibt immer ein paar Gute. Nur, du weißt schon, der Rest von ihnen."

Etwas besänftigt wendet Daniel seine Aufmerksamkeit wieder seinem Essen zu, obwohl sich ein Teil von ihm durch das Gespräch gestört fühlt, auch wenn der junge Abenteurer nicht sicher ist, was es genau das ist.

# Kapitel 16

Am nächsten Morgen ist Asin überrascht, Daniel am Eingang des Dungeons auf sie warten zu sehen, an einem Laib Brot und Käse kauend. Da keiner von ihnen daran gedacht hatte, einen Zeitpunkt für ein Treffen zu vereinbaren, hatte Daniel beschlossen, einfach früh aufzustehen und auf die Catkin zu warten. Diese wird für einen Moment langsamer und zieht ihren Mantel eng um ihren Körper, während sie mit ihren Gefühlen kämpft. Daniel war der erste menschliche Abenteurer, der zugestimmt und sein Versprechen gehalten hat, sich wieder mit ihr zusammenzutun. Eine Tatsache, die sonst immer Asins Stolz verletzte. Jetzt, wo sie einem Menschen gegenübersteht, der sein Wort hält, ist die Catkin verwirrt über ihre eigenen Reaktionen.

Der Sturm ihrer Gefühle wird beiseitegeschoben, als Daniel Asin endlich erblickt und ihr seinen Bissen Brot hinunterschluckend zuwinkt. Asin wird ihn heute überprüfen und sehen, wie er reagiert. Auch wenn Daniel mit Khy'ra zusammenarbeitet, ist den Menschen nicht zu trauen.

„Guten Morgen, Asin." Daniel lächelt und streckt sich. „Bist du bereit?"

Asin nickt zur Bestätigung und tastet sich mit den Händen kurz ab, um zu überprüfen, ob alle ihre Waffen und Vorräte vorhanden sind. Neben ihnen beobachten die beiden Wachen, die Nachtdienst haben, die Catkin mit unverhohlenem Misstrauen. Daniels Augen verengen sich leicht, als er zum ersten Mal die Reaktion der Wachen bemerkt. Doch es ist nicht die richtige Zeit, etwas zu sagen, denn die Catkin schreitet an ihnen allen vorbei, geht durch den Eingang und steuert auf den Portalstein zu.

Beim Stein wartet sie, bis Daniel sie eingeholt hat, bevor sie ihre Hand mit gespreizten Fingern hebt, um die Ebene, auf der sie arbeiten werden, zu bestätigen. Daniel nickt zustimmend und legt, nachdem sie nach unten portiert wurde, seine eigene Hand auf den Portalstein.

„Kalt!" murmelt Daniel, nachdem er seine Umgebung auf Gefahren überprüft hat. Asin kann nicht anders, als seiner Bemerkung zuzustimmen. Sie braucht immer eine Weile, um die klirrende Kälte aus ihren Knochen zu bekommen. Leicht nach vorne gebeugt spitzt sie die Ohren und lauscht auf die Geräusche, die aus den umgebenden Gängen kommen. Aus zweien kommen leichte Geräusche, aus dem dritten keine, und im vierten Gang hört sie das regelmäßige Aufschlagen von Spitzhacken auf abgesetzten Exkrementen. Das schließt den dritten und vierten Durchgang aus. Sie schleicht sich zu den anderen beiden, wo sie schwache Geräusche hört, schnuppert an der Luft und sortiert die Gerüche, bevor sie ihre endgültige Entscheidung trifft.

Daniel sieht Asin kommentarlos bei der Arbeit zu, da er diese spezielle Routine schon ein paar Mal gesehen hat. Er bewundert die Art und Weise, wie ihre Schnurrhaare zucken, weil sie die Veränderung der Luftströmungen wahrnimmt - etwas, wofür er den Salbeipinsel kaufen und herumfuchteln musste. Es ist ein nützliches Wissen, da Gänge mit höheren Luftströmen höchstwahrscheinlich mehr Öffnungen bedeuteten, die für die Reise zur Verfügung stehen. Es ist keine Garantie, aber das ist allgemein nichts auf diesen Etagen.

Während Asin sich auf den Weg macht, folgt Daniel mit wenig Abstand hinter ihr. Beide Abenteurer bewegen sich schnell, Asin tastet den Boden und die Decken nach Fallen ab, Daniel hält so gut es geht vor und hinter ihnen Ausschau nach Monstern. Es dauert nur fünfzehn Minuten, bis Asin ihre erste Falle findet, eine einfache Sturzbühne, die mit einer dünnen Schicht aus Exkrementen und Schmutz bedeckt ist. Sie hält inne, um Daniel darauf hinzuweisen, bevor sie weitergeht, und überlässt es Daniel, die Falle mit seinem Streitkolben zu zerschlagen. Es ist nur eine vorübergehende Lösung, denn ein Crawler würde früh genug vorbeikommen, um sie zu reparieren, oder vielleicht würde es sogar der Dungeon selbst tun.

Gelehrte debattieren immer noch darüber, wie Dungeons Fallen reparieren und sogar warum Fallen in Dungeons vorhanden sind. Viele sind der Meinung, dass die Fallen wie die Monster aus der Korruption des Manas durch Ba'al entstanden sind. Diese Erklärung reicht jedoch nicht aus, um zu erklären, warum Ba'al oder die Verderbnis sich überhaupt die Mühe machen würden, da Fallen selbst unbelebt sind, im Gegensatz zu den Monsterkindern von Ba'al. Alternative Erklärungen sind aufgetaucht – dass es nicht nur eine Art von Verderbnis gibt, sondern viele und dass jede Art sich auf ein anderes Monster oder eine andere Falle bezieht oder dass die Fallen selbst von einem anderen, unsichtbaren Monster geschaffen wurden. Am Ende ist die Wahrheit, soweit Daniel feststellen kann, dass niemand es wirklich weiß, und weder Erlis noch Ba'al es auflösen.

Beim ersten Crawler, dem sie begegnen, stürmt Asin vor, um ihn allein zu bekämpfen, und duckt sich unter dem ersten Schlag seiner Mundwerkzeuge, um mit ihren Dolchen zuzuschlagen. Der Raum vor ihnen ist zu eng, als dass Daniel sich effektiv in den Kampf einmischen könnte, also bleibt er zurück und schaut zu. Asins Techniken sind anders als seine, sie verlässt sich ganz auf Geschwindigkeit und Präzision, um Schaden anzurichten und weicht Angriffen um Haaresbreite aus, bevor sie zuschlägt. Daniel kommt sich wie ein schwerfälliger Ochse vor, langsam und ungraziös. Zumindest, so tröstet er sich, sind ihre Techniken gegen den Crawler aufgrund seines zähen Panzers weniger effektiv. Andererseits muss es für die Kobolde ein Alptraum gewesen sein, ihr gegenüberzustehen.

Beim nächsten Crawler, dem sie begegnen, hüpft Asin süffisant zur Seite und auf einen Vorsprung mit einem zufriedenen „Deins.“

Daniel schnaubt, geht dazwischen und schlägt mit seinem Schild auf die Kreatur ein, bevor er auf den Panzer einhämmert. Als der Crawler sich wieder erholt, wird sein Biss von seinem Schild und seinem Streitkolben abgewehrt. Daniel nutzt die dadurch entstandene Hebelwirkung, um ihn mit dem Fuß zu treten, bevor er wieder mit seinem Streitkolben auf ihn einschlägt. Der Kampf ist brutal, rau und ohne die Finesse des vorherigen, aber er ist kürzer.

Keuchend streckt sich Daniel nach dem Kampf, um mehr Luft in seine Lungen zu bekommen. Zum Glück zirkuliert die Luft in Erlis Dungeons trotz allem irgendwie. Sonst wäre es viel schwieriger gewesen, so weit unten zu überleben. Daniel schiebt die Unnatürlichkeit des Ganzen beiseite und nickt Asin zu, um ihre Erkundung fortzusetzen.

Kampf für Kampf, eine Höhle nach der anderen – die beiden Abenteurer bewegen sich mit erbarmungsloser Effizienz durch die Gänge. Jede Falle, die sie finden, lösen sie aus, jedes Monster, das sie sehen, töten sie. Erst als sie auf die Elite dieser Etage treffen, halten sie inne. Ein einzelner Elite-Crawler, größer als alle anderen und mit Beinen, die mit gezackten Klauen bestückt sind, bewacht die Schatztruhe.

Ein Blickaustausch genügt, bevor sich die beiden Abenteurer auf das Monster stürzen, da sie beide wissen, was sich in der Truhe befindet. Inzwischen haben sie ein einfaches Kampfsystem entwickelt. Daniel würde vor dem Monster stehen und seine Aufmerksamkeit auf sich ziehen, während Asin in der Mitte arbeitet, wo die Kreatur sie nicht so leicht erreichen kann. Gegen harte Gegner würde sie daran arbeiten, das Monster zu verkrüppeln, indem sie an den Beinen auf einer Seite einschneidet, bis es sich nicht mehr bewegen kann.

Am Anfang verläuft der Kampf ähnlich wie ihre bisherigen Kämpfe. Dann, mit einem Augenaufschlag, ändert sich alles. Als Daniel einen weiteren Schildschlag versucht, bäumt sich die Elite auf und umklammert mit ihren Kieferknochen den Schild. Sie packt ihn fest, verdreht ihren Kopf und schleudert Daniel gegen eine Wand. Er prallt dagegen, verliert den Halt um seinen Schild, und lässt ihn fallen.

Anstatt jedoch dem gefallenen Abenteurer zu folgen, wendet die Kreatur ihre Aufmerksamkeit nun Asin zu und stürzt sich in die Mitte, um sie zur Seite zu stoßen. Ein Bein sticht nach unten und versucht, sie aufzuspießen, wobei es eine lange Linie über ihren Rücken schneidet, während die Catkin davonrollt.

Benommen und kurzatmig taumelt Daniel auf die Beine, während Asin sich bemüht, den Angriffen auszuweichen. Ein Dolch blitzt hervor und erwischt ein Bein, als der Crawler versucht, sie aufzuspießen, aber bevor Asin einen Gegenangriff starten kann, muss sie sich wieder bewegen.

Er zwingt seine Gabe in seinen eigenen Körper, und repariert den Riss an seinem Kopf, bevor er seine Aufmerksamkeit auf die Schwellung richtet. Schmerz zieht durch seinen gesamten Körper, als er schnell mit der Heilung

174

arbeitet, ohne seine üblichen Vorsichtsmaßnahmen. Daniel ist nicht mehr verletzt und stürzt sich mit Gebrüll zurück in den Kampf, fest entschlossen, diesen zu beenden und den erlittenen Schmerz zu vergelten. Die Elite dreht sich wieder zu Daniel, weil sie instinktiv versteht, dass der größere Abenteurer die größere Bedrohung für ihr Leben ist.

Brüllend löst Daniel seinen Doppelschlag aus, wobei er den ersten Schlag in den Unterkiefer rammt, und einen zweiten Angriff auf dieselbe Stelle folgen lässt. Es knackt, und Daniel greift fest zu, zieht das Monster nach unten und reißt damit den Unterkiefer ab. Als sich die Elite vor Schmerz aufbäumt, springt Asin und klettert schnell seinen Rücken hinauf, um ihr Messer in ein Auge zu stoßen. Die Kreatur schüttelt ihren Körper und schleudert Asin zur Seite in einen Stalagmiten, ihr ihr Körper kracht mit einem fleischigen Aufprall dagegen, bevor sie in einem Haufen in sich zusammensackt.

Von den Angriffen abgelenkt und unter Schmerzen fühlt die Elite, wie sie ihren eigenen

Unterkiefer in ihren Unterkörper gestochen bekommt. Unfähig, sich aufrecht zu halten, stürzt sich die Kreatur nach unten und spießt sich auf der Spitze auf, was den Kiefer nur tiefer treibt. Ihr Gezeter wird immer hektischer und ihre Bewegungen unberechenbarer, während sich Schmerz und Schaden bei der Kreatur häufen. Daniel entfernt sich, um seinen Schild wieder aufzuheben, und verfolgt das Monster, dessen Bewegungen langsamer und weniger sprunghaft werden. Sobald das passiert, greift er an, um den Kampf zu beenden.

Mit zusammengekniffenen Augen beobachtet Asin, wie Daniel die Elite erledigt. Zeit, zu sehen, ob er sie verlässt und die Kristalle mitnimmt. Es wäre eine Schande, eine, die Asin sicher erwidern würde, aber besser, es jetzt zu wissen als später. Zu ihrer Überraschung tut Daniel das jedoch nicht, sondern eilt zu ihrem Körper - und lässt beide Kristalle unbewacht, um sofort nach ihr zu sehen, sobald sich die Elite in Rauch auflöst. Warme Heilenergie erfüllt ihren Körper, sobald Daniel sich ihr nähert, blaue Flecken und zerrissene Muskeln verschwinden schnell, während Daniel seinen kleinen Heilzauber anwendet.

Asin rollt sich wieder auf die Füße, kämpft nicht mehr um ihr Bewusstsein und nickt dankend. Dieser Mensch hier war also etwas ungeschickt und unachtsam, vielleicht mehr als ein wenig. Asin leckt an ihrem Fell, während sie ihm signalisiert, die Kristalle aufzuheben und den angesammelten Schmutz wegzuwischen.

# Kapitel 17

Daniel seufzt, streckt sich und reibt sich abwesend die linke Schulter. Ein Crawler hat es geschafft, um sein Schild herumzukommen und seine Schulter zu zerquetschen, und obwohl er sie mit einer vorsichtigen Anwendung seiner Gabe und einem kleinen Heilungszauber geheilt hat, fühlt sie sich immer noch wund an. Nichts, was eine gute Nachtruhe nicht heilen würde, aber der Schmerz kriecht immer noch gelegentlich in ihm hoch.

Die Tür der Klinik öffnet sich wieder, der nächste Patient tritt ein, und Daniel wirft dem Mann ein Lächeln zu. Asin hatte heute um eine kurze Untersuchung gebeten, und da er nichts Besseres mit seiner Zeit anzufangen wusste, hat sich Daniel auf den Weg in die Klinik gemacht, um Khy'ra ein wenig zu helfen.

„Heiler ...", der alte Mann schlurft herüber und setzt sich, seine nackten Füße sind ungepflegt und geschwollen.

„Kein Heiler", schimpft Daniel leise. Er hat nicht die Klasse Heiler und wird daher nie Zugang zu deren spezifischen Skills haben. Er freut sich jedenfalls darauf, als Abenteurer Level 10 zu erreichen und die Notwendigkeit von physischem Gepäck abzulegen, da er dann

Zugang zu ihrer mystischen Klassenfertigkeit Inventar erhalten würde.

Noch während er diese müßigen Gedanken hegt, stellt er Fragen, um das Problem zu ermitteln, obwohl es ihm schon relativ klar ist. Er wendet seine Gabe nicht an, da er keinen Grund sieht, sie in einem so einfachen Fall einzusetzen. Der Großteil seiner Arbeit in der Klinik ist in Wahrheit so, einfache Verletzungen und Krankheiten, die eigentlich nur eine nicht-magische Behandlung durch einen kundigen Heiler erfordern. Doch wie immer gibt es nur wenige Menschen, die sich die Mühe machen, sich das Wissen und die Fähigkeiten anzueignen, um selbst Heiler zu werden.

„Tränken Sie Ihren Fuß in zerkleinerte Wylie-Blätter. Sie sollten welche in Liannes Laden bekommen können. Achten Sie aber darauf, dass sie Ihnen die Frischen verkauft. Dreimal am Tag, eine Woche lang. Eine Woche, wohlgemerkt! Wenn Sie früher aufhören, kommen die Symptome zurück, und Sie müssen wieder von vorne anfangen", sagt Daniel und lässt den Mann seine Anweisungen zweimal wiederholen, bevor er ihn hinausschickt.

Es dauert nur eine Minute, bis der nächste Patient den Eingang verdunkelt, Daniel reibt sich wieder abwesend an der Schulter. *Keine Zeit dafür, es gibt immer einen nächsten Patienten.*

***

Stunden später stellt Daniel fest, dass schon seit ein paar Minuten kein Patient mehr seine Räumlichkeiten betreten hat. Er steht auf, streckt sich, stöhnt und fragt sich, wie viel Zeit wohl vergangen ist. Dunkelheit füllt den Raum und sein Magen krampft sich vor Hunger zusammen. Spätestens jetzt ist es Zeit für ein leckeres Abendessen.

Khy'ra lächelt, als sie durch die Tür tritt und Daniel aufstehen sieht. Die blonde Elfe trägt ein enges grünes Kleid, dessen tiefer Ausschnitt hinter einem weißen Schal mit gelben Blumen verborgen ist. Als sie sich sicher ist, dass sie allein sind, tritt sie ein, lässt den Schal herunterfallen, und lächelt über die bewundernden Blicke, die Daniel ihr zuwirft.

Ein schneller Schritt bringt sie zu Daniel, und sie küsst ihn fest und schmiegt ihren Körper an seinen. Was für eine Freude, einen Menschen zu finden, der sie nicht überragt, denkt sie.

„Hi", sagt Daniel atemlos, als er sich von ihren Lippen löst.

„Hi", antwortet Khy'ra, lächelt zu ihm hoch, bewegt sich aber nicht aus seinen Armen. „Ich habe das Personal für den Abend nach Hause geschickt. Wenn wir also ruhig sind ..." Daniel grinst, und ohne weitere Worte zu benötigen, nimmt er sie in den Arm und geht zu dem Tisch in der Nähe. Wie schön, einen Menschen ihrer Größe zu finden, der so stark ist, denkt Khy'ra. Dann denkt sie für eine Weile an nichts mehr.

***

Daniels Magen knurrt, als er sich seine Hose hochzieht und blickt zu Khy'ra, die von der Toilette zurückkommt: „Lust auf Abendessen?"

„Ja, ich glaube schon", sagt Khy'ra, lehnt sich nach vorne und küsst ihn. „Deine Technik wird immer besser."

Daniel grunzt, zieht sie näher an sich und murmelt: „Weißt du, das ist nicht das, was die meisten Männer hören wollen."

„Du aber schon", kichert sie und tippt ihm auf die Nase. „Das mag ich so an dir, Daniel, du bist durchaus bereit, auf Anweisungen zu hören."

Daniel schnaubt und gibt ihr noch einen Kuss, bevor er sie loslässt. „Komm, lass uns was essen gehen."

Nachdem sie die Klinik abgeschlossen haben, gehen die beiden durch die hell erleuchteten Straßen von Karlak. In der Nacht sind nur wenige unterwegs. In diesem Teil der Stadt sind die Kristalle der Mana-Laternen in großen Abständen verteilt, sodass sich die Schatten der beiden vor ihnen ausbreiten. Die beiden unterhalten sich leise und nicken grüßend, als einige Wachen auf Patrouille an ihnen vorbeigeht.

„Khy'ra, Daniel! Schön, euch zu sehen!" ruft Mikey, der Besitzer, und winkt die beiden zu den freien Plätzen. Da er das nächstgelegene Spätrestaurant bei der Klinik ist, ist er nicht im

Geringsten überrascht, die beiden zu sehen. „Schon wieder spät dran?"

„Zwei Teller für mich, Mikey!" ruft Daniel, als er sich hinsetzt.

„Das Übliche", fügt Khy'ra hinzu.

Khy'ra nimmt Daniels Hände in die ihren, bevor sich beide umdrehen, um Mikey bei der Arbeit zuzusehen. Mikey nimmt zuerst einen Löffel Teig und schöpft ihn in die ovalen Pfannen vor ihm, wobei er den Teig herumwirbelt, während er ihn einarbeitet. Mit einer schnellen Handbewegung stellt er sicher, dass der Teig jede der Pfannen richtig bedeckt, bevor er sich umdreht. Hände greifen nach Messern und flimmern, schneiden dünne Fleischscheiben von dem Braten ab, der hinter ihm rotiert. Scheiben, alle in perfekter Größe, werden auf das dünn aufgelegte, bereits gekochte Brot gelegt. Dann legt er Käse, Paprikascheiben, Gurken und Pilze hinzu, bevor das Brot zusammengerollt wird. Jedes Brötchen wird dann schnell in einen kleinen Ofen geschoben, der den Käse und das ganze Gericht nur eine Minute lang röstet, bevor die Speise fertig ist.

Khy'ra und Daniel genießen die Show; Mikey ist ein bekannter Meister seines Fachs. Noch während er ihre Bestellung fertigstellt, beginnt er mit den nächsten. Er bleibt ständig in Bewegung, um sicherzustellen, dass keines seiner Gerichte überkocht. Selbst zu dieser späten Stunde ist sein Lokal immer gut besucht.

Als das Essen mit einem Paukenschlag eintrifft, stürzen sich die beiden mit Begeisterung auf die Brötchen, die noch etwas heiß sind. Sie amüsieren sich über die Mätzchen des anderen und halten erst inne, als in der ganzen Stadt die Glocken zu läuten beginnen.

Daniel hält inne und neigt seinen Kopf zur Seite, da er diese Glocken noch nie zuvor gehört hat. Neben ihm hat Khy'ra den Kopf gesenkt und flüstert ein leises Gebet. „QuanEr, für Schmerz, Frieden. Für Wut, Vergebung. Für Hass, Liebe."

Erst als er das Gebet von Khy'ra hört, weiß Daniel, wofür die Glocken sind, und auch er lässt den Kopf hängen und wiederholt das Gebet. Es ist keine Überraschung, denn unter all den Myriaden von Göttern, die sich in das Leben der Sterblichen einmischen, wird nur eine

Einzige in allen Ländern verehrt. Sie, die wie viele andere aus der Menschheit aufstieg, sich aber eigentlich weigerte, aufzusteigen. Sie, die immer noch unter den Sterblichen wandelt und Hilfe und Fürsorge bietet, ohne Preis, ohne Kosten, ohne Urteil. Einmal im Jahr werden die Glocken geläutet und im ganzen Land wird an QuanEr gedacht.

Es herrscht Stille, bevor Mikey einen kleinen Schrei ausstößt und sein sorgfältig inszenierter Ablauf der Essenszubereitung unterbrochen wird. Murrend wirft er das verbrannte Essen beiseite zu den anderen, die später an die weniger Glücklichen gehen werden, bevor er seine Arbeit wieder aufnimmt.

Die beiden ausgehungerten Heiler sind bald mit dem Essen fertig und legen die Teller und das Geld leise auf dem Tresen neben Mikey ab. Als sie gehen, bemerkt Khy'ra, dass Daniel sich wieder die Schulter reibt, und legt eine Hand darauf, wobei er einen leisen Spruch murmelt, um den Heilungsprozess abzuschließen. Der Idiot hat das letzte Mana früher am Tag verbraucht.

„Danke", wiederholt Daniel, und Khy'ra schüttelt nur den Kopf und lehnt ihren Kopf an seine Schulter, während sie im unausgesprochenen Einverständnis zu ihrer Wohnung zurückgehen.

# Kapitel 18

Monate später ist der Frühling endlich da. Der Schnee ist geschmolzen und die Sonne kommt jeden Tag früher heraus. Heute Abend sind Daniel und Asin wieder in der Abenteurergilde, um ihre Tageseinnahmen einzusammeln. Wie üblich kümmert sich Asin darum und überlässt es Daniel, in der Gildenhalle herumzuwandern, bis sie fertig ist.

„Liev, was ist das?" Daniel deutet auf die neu aufgestellte Tafel in der Gildenhalle. Sie wurde offensichtlich verschoben, und nach einem kurzen Moment des Erinnerns ruft sich Daniel ins Gedächtnis, es vorher in der hinteren Ecke gesehen zu haben. Die Tafel steht seitlich der Kabinen, sodass die Abenteurer die Tafel lesen können, ohne den Zugang zu den Kabinen zu versperren.

„Das ist die Anforderungstafel. Jetzt, wo der Frühling da ist, bekommen wir immer mehr Anfragen für Abenteurer, die in der Stadt und den umliegenden Dörfern helfen sollen. Wir stellen sie jedes Frühjahr auf, denn im Winter sind es meist Quests für fortgeschrittene Abenteurer", erklärt Liev und schaut von den Papieren auf, an denen er arbeitet. Der Rotschopf fährt sich mit der Hand durch die

Haare und bringt sie noch mehr durcheinander, während er die Lippen schürzt und versucht, seine eigene Handschrift zu entziffern. Liev würde den Verfasser verfluchen, wenn es nicht er selbst wäre. Stattdessen ermahnt er sich, seine Notizen mit mehr Sorgfalt zu verfassen. Während Liev spricht, erscheint Asin neben Daniel und reicht ihm schweigend seinen Anteil, bevor sie sich Daniel anschließt und auf die Tafel starrt. Es dauert einen Moment, bis sie ein Schnaufen von sich gibt und sich wieder dem Lecken des schwarzen Fells auf ihren Händen zuwendet.

Nachdem Daniel seine Antwort von Liev erhalten hat, wendet er sich wieder der Tafel zu, um sie mit neuem Interesse genauer zu studieren. Die Tafel selbst ist in vier Teile aufgeteilt, wobei über jedem davon eine Schnitzerei ist, die die Art der Anfrage mit einem einfachen Bewertungssystem anzeigt, was aus dem Siegel der Gilde unter jedem Teil in aufsteigender Reihenfolge der Schwierigkeit besteht. Ein einzelnes Siegel bedeutet, dass die Quest für Anfänger-Abenteurer geeignet ist, wobei bis zu vier Stempel die höchste Bewertung darstellen. Diese besteht aus einer Aufforderung, einen Mantikor zu jagen, der sich in den Grenzlanden in der Nähe eines Dorfes niedergelassen hat. Die vier vorgestellten Kategorien sind für Jagd-, Versorgungs- und Bewachungsquests mit einer abschließenden Sektion „Diverses", die derzeit aus zahlreichen Erkundungsanfragen besteht. Jede Quest hat einen schriftlichen Teil, der die Quest detailliert beschreibt und ein einfach gezeichnetes Bild darunter für diejenigen, die nicht lesen können, sodass die meisten Abenteurer eine schnelle Vorstellung davon haben, was jede Quest beinhaltet.

Daniel gibt seine Erkenntnisse schnell an Asin weiter, die bei den Worten mit dem Kopf nickt, bevor sie auf die Jagd und, mit leichtem Zögern, auf die Versorgungsteile der Tafel zeigt. Nachdem er ihre Vorlieben nun weiß, wendet sich Daniel wieder dem Brett zu, um nach einer passenden Quest zu suchen. Sie haben den ganzen Winter über im Dungeon gearbeitet, es ist Zeit für eine Abwechslung.

„Liev, wofür ist der Kreis?" Daniel zeigt auf einen Vermerk, der ihm aufgefallen ist und auf der Versorgungsseite regelmäßiger auftaucht als auf den Jagdabschnitten.

„Wiederholbare Quests. Die meisten einmaligen Quests erfordern eine Anzahlung des Abenteurers und haben ein Zeitlimit. Die wiederholbaren Quests haben keins, da mehrere Abenteurer gleichzeitig an ihnen arbeiten können. Die meisten dieser Quests kommen von Händlern, die auf der Suche nach neuem Material sind, obwohl die Wache natürlich ihre regelmäßigen Kopfgelder auf Orks, Goblins und Kobolde hat", erklärt Liev.

„Diese beiden sind im Norden von Karlak und liegen in etwa in der gleichen Gegend, glaube ich. Jeweils 40 Silber", zeigt Daniel, und Asin schaut kurz auf und betrachtet die Zettel, bevor sie mit einem Achselzucken antwortet.

Daniel seufzt, er hat sich nach vielen Wochen der Zusammenarbeit mit seiner Freundin und seinem Teammitglied an ihre stets wortkarge Art gewöhnt. Er nimmt die Papiere und geht hinüber zu Liev. Eine Abwechslung würde guttun, nachdem sie wochenlang im fünften Stock festsaßen, durch Gänge krochen und immer wieder gegen die gleichen Monster kämpften. Zweimal schon hatten die beiden aus Frust die sechste Etage versucht, und beide Male war ihnen der Kampf auf dieser Etage zu schwierig gewesen. Die Behemoth Crawlers, die diese Etage bewohnten, waren nicht nur größer als ihre Artgenossen in der oberen Etage, ihre Panzerung war auch wesentlich härter, und beide Abenteurer mussten bis zur Erschöpfung kämpfen, um auch nur einen von ihnen zu töten.

„Das macht dann 40 Silber." Liev nimmt die beiden Papiere, froh über die momentane Ablenkung von seinem eigenen Papierkram, und sieht Daniel an, dem die Kinnlade heruntergefallen ist. Liev lächelt nur, denn er weiß, dass die beiden Abenteurer zusammen genug Silber haben - er hat sie ja gerade für den Tag selbst ausbezahlt.

Daniel grummelt vor sich hin und wirft Asin einen flehenden Blick zu, die ihm ebenfalls ihren Anteil übergibt, bevor sie die Bestätigung erhalten, dass sie nun den Anfragen zugewiesen sind, die in drei Tagen erledigt werden müssen.

***

„Das ist doch ganz nett, oder?" Daniel unterhält sich am nächsten Morgen mit Asin, als sie durch das Nordtor gehen. Asin sorgt für die unausgesprochene Zustimmung, indem sie vor ihm herläuft und dann in die Hocke geht, um eine Handvoll frisch erblühter Blumen in ihre Hände zu nehmen, wobei die gelben und rosa Blüten einen starken Kontrast zu ihrem schwarzen Fell bilden. Sie schnuppert an ihnen und steckt dann eine in ihre Brosche, bevor sie Daniel die andere anbietet.

Ein Kopfschütteln von ihm lässt sie die Nase rümpfen, ihre Schnurrhaare hüpfen bei der Bewegung herum, bevor sie die Blume fallen lässt und sich Daniel anschließt.

„Also, wir müssen eine Schattenkatze und einen Eulenbären finden, die der Stadt zu nahegekommen sind und die Bauern in der Gegend bedrohen", erklärt Daniel, bevor er seine Begleiterin anschaut. „Hast du irgendwelche Fährtenleserkenntnisse?"

Asin hält inne, legt den Kopf schief, schnuppert verächtlich an Daniel und fährt dann fort.

„Ist das ein Ja?" Daniel fragt nach, und da er keine Antwort bekommt, beeilt er sich, sie einzuholen. Er hofft, dass es ein Ja ist. Es sind immerhin 40 Silberstücke, die sie hingelegt haben, und obwohl er selbst ein wenig Erfahrung in den Wäldern hat, würde er sich nicht als besonders guter Fährtenleser bezeichnen. Als er noch einmal nachfragt, bekommt er nur Schweigen als Antwort, also lässt er das Thema. Der Rest des Spaziergangs verläuft in kameradschaftlichem Schweigen, beide Parteien genießen die angenehme Abwechslung, während die Frühlingssonne auf sie herabscheint und nur noch ein Hauch von Kälte aus der vergangenen Nacht in der Luft liegt.

Die beiden sind schon seit Stunden unterwegs und haben sich von den Außenbezirken der Stadt, wo die Bauern arbeiten, bis an den Rand des besiedelten Landes an der Grenze zu Karlak vorgearbeitet. Hier gibt es sanfte Hügel mit großen Farmen, die von engagierten Bauern bewirtschaftet werden, und kleinere Höfe, auf denen Pioniere arbeiten, um sich ein Leben aufzubauen. Viele der

Bauernhöfe in diesem Teil der Welt sind klein, der Abstand zwischen den einzelnen Höfen jedoch groß, und die meisten sind mit einem einzigen abgenutzten Gebäude ausgestattet. Viele dieser Bauern haben ihre Tiere in ihren Häusern untergebracht, sowohl als Sicherheitsmaßnahme als auch um ihre Behausungen zusätzlich zu heizen. Jetzt, wo der Schnee weg ist, sind sie fleißig dabei, neue Bäume zu fällen für Zäune, Holz und einfach, um ihre Grundstücke zu erweitern.

„Hier wurde die Katze laut der Quest zuletzt gesehen." Daniel gestikuliert im Wald herum, was Asin nur ein weiteres verächtliches Schnauben entlockt. Mit Hilfe der Karte, die Liev von der Gilde zur Verfügung gestellt hat, und seinen Kartierungskenntnissen kann Daniel sie zielsicher an die entsprechende Stelle führen.

Jetzt, wo sie so nah am Monster sind, übernimmt Asin, entfernt sich von Daniel und geht in einem langsamen Kreis, während sie auf den Boden starrt und gelegentlich die Luft schnuppert. Daniel seufzt und schweigt und lässt sie arbeiten, während er seinen Schild vom Rücken abnimmt.

Ein paar Minuten später signalisiert sie ihm, ihr zu folgen. Die beiden gehen in den Wald, Daniel folgt Asin, als diese sich ruckartig umdreht und erst auf seine Füße und dann auf ihre Ohren zeigt und ihn missbilligend anfaucht. Daniel zieht eine Grimasse und versucht, leiser zu gehen, doch der Blick, den er von der schweigsamen Catkin erntet, zeigt ihm, wie gut ihm das gelingt.

Nach ein paar Stunden wird Daniel klar, dass es einen Grund gibt, warum diese Quests so gut bezahlt wurden – stundenlang durch die Wälder zu stapfen, ohne etwas zu töten, war deutlich weniger interessant als der Dungeon selbst. Für Abenteurer, die sich nach Aufregung und spannende Abenteuer sehnten, war das Herumstapfen durch das düstere Unterholz weniger lohnend. Zum Glück scheint Asin zu wissen, was sie tut, oder zumindest wirkt sie selbstbewusst, extrem selbstbewusst gegenüber Daniel, als sie einer Spur folgt, die nur sie wittern kann.

Zu ihrem Pech haben die schweren Füße eines gewissen Stadtbewohners ihrer Beute mehr als genug Warnung gegeben. Die Schattenkatze hat sich zurückgezogen, krabbelt eine große Eiche hinauf und hockt auf einem Ast, um auf ihre Beute zu warten. Die Katze beobachtet die beiden, die sich unter ihr bewegen, und beschließt, den Größeren der beiden anzugreifen. Sie stürzt sich von ihrem Platz und schlägt mit ihren Krallen auf Daniel ein. Eine Klaue verfängt sich in Daniels Schild, die andere in seiner Rüstung, als das Tier ihn zu Boden wirft. Die Klauen zerreißen ihn, und eine Tatze erhebt sich, um den törichten Abenteurer zu erledigen.

Die Tatze kommt nie zu ihrem tödlichen Schlag, ein geworfenes Messer stoppt die Bewegung. Verletzt und wütend dreht sich die Katze um und knurrt ihren neuen Angreifer an, was Daniel genug Zeit und Kraft gibt, um sich mit einem Hechtsprung von der Katze zu entfernen. Daniel rollt sich zurück auf die Knie und schlägt ungeschickt und hastig mit seinem Streitkolben nach dem Tier, um sie zum Rückzug zu zwingen. Die Katze landet auf ihrer verletzten Pfote, was die Klinge tiefer eindringen lässt, und faucht vor Schmerz laut auf. Daniel ist in der Lage, vollständig aufzustehen und sein

Schild zur Deckung zu halten, er war zwar blutüberströmt, aber immerhin lebendig.

Die Katze gibt ein leises Knurren von sich, begutachtet die beiden Kreaturen vor sich und macht vorsichtige Schritte rückwärts in die Schatten, die die Bäume über ihr werfen. Ein zweites Messer fliegt durch die Luft, aber die Katze ist bereits vor ihren Augen in den Schutz des Dickichts verschwunden. Daniel lehnt sich an einem nahen Baum an, den Schild immer noch zum Schutz erhoben, und Asin schließt sich ihm an. Beide Abenteurer warten auf den nächsten Angriff. Es kommt kein weiterer, und nach einiger Zeit geht Daniel in die Hocke, um die tiefen Schnitte in seinem Rücken und an seinem Hinterkopf zu heilen, während Asin sich vorsichtig auf der Lichtung umschaut, um zu sehen, ob sie Spuren der Kreatur entdecken kann. Als Daniel mit der Heilung fertig ist, winkt sie ihn zu sich und zeigt auf die Blutspur, die sie gefunden hat.

Gemeinsam folgen die beiden der Spur, die Augen nach Gefahren offenhaltend. Nach einer Stunde vorsichtiger Navigation stoßen sie auf einen langsam fließenden Fluss, wo die Spur sich verläuft. Mit einem wütenden Knurren bewegt sich Asin den Fluss auf und ab, überquert ihn sogar und versucht, die Spur wieder aufzunehmen, aber es gelingt ihr nicht. Die Katze ist verschwunden und selbst stundenlanges Suchen führt zu keinem besseren Ergebnis. Enttäuscht schlagen sie ihr Lager für den Abend auf und beschließen, da sie keine Spur mehr haben, ihr Ziel auf den Eulenbären zu verlegen. Vielleicht macht sich die Katze wieder bemerkbar, während sie sich mit dem Eulenbären beschäftigen.

# Kapitel 19

Die Höhle des Eulenbären ist eine einfache Höhle, die in einer von Bäumen umgebenen Senke versteckt ist – der perfekte Ort für eine Kreatur wie diese. Draußen liegen verstreut die Knochen der gestohlenen Schafe, die er vor kurzem verspeist hat, und auch die größeren Knochen eines Bären, der frühere Bewohner der Höhle. Eine Zeit lang beobachten die beiden Abenteurer die Höhle des Eulenbären, um sicherzustellen, dass das Monster allein ist, bevor sie ihren Plan schmieden. Da beide keine taktischen Genies sind, ist ihr Plan äußerst simpel.

Daniel begibt sich mit Schild und Streitkolben im Anschlag in die Vertiefung. Sobald er bereit ist, schlägt er den Streitkolben gegen seinen Schild, um die Kreatur herauszulocken. Die Schläge hallen laut im Wald wider und ziehen direkt den Zorn des Monsters auf sich. Als der Eulenbär herauskommt, erblasst Daniel beim Anblick der fast drei Meter hohen gefiederten Monstrosität, deren vordere Gliedmaßen in Pfoten statt in Adlerkrallen enden. Doch der Körperbau und das Gesicht selbst ähneln einem Bären, mit nur angedeuteten Flügeln an seinem Rücken.

Als der Eulenbär brüllt, schießen die Dolche nacheinander nach vorne, um sich in das Fleisch der Kreatur zu bohren. Die Klingen zielen auf den weichen Unterbauch des Monsters, denn die winzigen Augen des Eulenbären sind für die versteckte Asin ein zu schwieriges Ziel. Stattdessen setzt sie auf Quantität statt Qualität, verletzt die Kreatur und lenkt sie ab, während Daniel nach vorne stürmt.

Daniel duckt sich unter dem ersten Prankenhieb weg und zielt auf ein Messer, das bereits im Körper der Kreatur steckt, und drückt es mit seinem festen Schlag tiefer hinein. Er bewegt sich weiter, um aus der Reichweite des Gegenangriffs zu kommen und zwingt den Eulenbären, sich umzudrehen und ihn zu verfolgen. Ein weiteres Messer blitzt hervor und trifft die Kreatur in den Rücken, schafft es aber nicht, ihre Aufmerksamkeit von Daniel abzulenken.

Daniel weicht dem ersten taumelnden Schlag aus und blockt den zweiten mit seinem Schild, wobei er die ungeschützte Stelle nutzt, um gegen die Klaue zu schlagen. Der Eulenbär zischt und schnellt mit dem Kopf nach vorne, um Daniel zu beißen. Der faulige Atem des verrotteten Fleisches, das in seinen Zähnen steckt, verfehlt Daniel nur um Zentimeter, als er sich zur Seite duckt und einen Schlag mit der Rückhand auf die Schnauze der Kreatur ausführt. Die Kämpfer sind jetzt zu nah für Wurfwaffen, also stürmt Asin stattdessen auf leisen Sohlen nach vorne und stürzt sich mit gezückten Dolchen auf den Rücken des Monsters, sodass ihre eigenen Klauenfüße und Dolche sich in das Monster graben können.

Die Kreatur brüllt vor Wut und bäumt sich auf, da ihre Krallen ihren neuen Angreifer nicht erreichen können. Daniel nutzt den Moment und hebt seinen Streitkolben hoch, um mit all seiner Kraft auf die entblößte Brust der Kreatur einzuschlagen. Die Knochen des Eulenbären sind überraschend brüchig, und Daniels Streitkolben bohrt sich tief in die Brust der Kreatur. Der unerwartete Mangel an Widerstand bringt Daniel für einen kurzen Moment aus dem Gleichgewicht und eine der Klauen erwischt ihn hoch oben an der Schulter und reißt Muskeln und Sehnen auseinander, während Daniel den Griff um seine Waffe lockert.

Daniel stolpert weg, fängt den nächsten Schlag reflexartig mit seinem Schild ab, wird aber trotzdem zu Boden geschleudert. Asin sticht wiederholt mit dem Dolch in den Hals des Monsters, dem dadurch das Blut in die Kehle fließt. In einem verzweifelten Versuch, wenigstens einen seiner Angreifer zu töten, stürzt es sich auf Daniel, der sich wegrollt, sodass der Angriff seinen Rücken verletzt. Der Eulenbär ist endgültig am Ende seiner Kräfte und bricht nach vorne zusammen, was Asin dazu zwingt, sich in einer Rolle abzuwerfen, um dem Schaden zu entgehen.

Daniel stöhnt, legt sich auf den Rücken und konzentriert sich darauf, die Wunden mit seinem Mana zu heilen. Die Krallen des Monsters waren scharf und die Kreatur stark, sie haben den gehärteten Lederpanzer auf seinem Rücken zerrissen, als wäre er aus Papier. „Warum bin ich immer derjenige, der verletzt wird?"

Asin stößt ihre Version eines Lachens aus, als sie dem Monster die Beute abnimmt. Sie zeigt auf sich selbst, als sie den Manastein und die

Klauen einsteckt: „Schnell. Clever." Ihre Hände heben sich, um auf Daniel zu zeigen: „Stark. Langsam."

Daniel schnaubt und dreht seine Schulter, als er die Heilung beendet und aufsteht. „Du benutzt mich nur als Fleischschild."

Sie schnaubt noch einmal und deutet dann zurück in den Wald, bevor sie fortfährt: „Katze?"

Daniel nickt und geht zurück zu ihren Rucksäcken, „Ja. Aber ich glaube, wir brauchen einen neuen Plan."

Sie nickt zustimmend, ihre jadefarbenen Augen verengen sich, als sie sich daran erinnert, wie die Schattenkatze ihnen entgegengepirscht war und es sogar mit einem ihrer Dolche in der Pfote geschafft hatte, davonzulaufen. Sie mochte diesen Dolch sehr.

***

Ein paar Tage später stehen die beiden in der Gildenhalle und geben die Krallen des Eulenbären als Beweis für ihren Erfolg ab. Sie sind jedoch auch niedergeschlagen, da die verschiedenen Pläne, um mit der Schattenkatze fertig zu werden – von der Verwendung von Ködern bis zum Auslegen von grob gebauten Fallen – allesamt ein Fehlschlag waren. Erst am letzten Tag, als sie sich schon auf den Rückweg machen, hören sie von einer guten Spur, aber da ist es schon zu spät. Nur noch einmal stießen sie auf ein Paar Spuren, aber Asin hatte sie abgewinkt, weil sie befürchtete, dass die Kreatur sie wahrscheinlich wieder in eine Falle locken würde.

„Hat die Katze die Oberhand gewonnen?" Liev kichert leise und gibt ihnen ihren Lohn und die Hälfte ihrer Kaution zurück. Das mürrische Nicken bringt Liev zum Glucksen. „Ist schon okay, die Dinger sind widerspenstig. Wirklich, Ranger sind die einzigen, die eine Chance haben, diese Katzen zu finden."

„Das hättest du uns auch früher sagen können", stöhnt Daniel, doch als er die Münzen entgegennimmt, muss er lächeln.

**Quest abgeschlossen**
*Jage den Eulenbär (1 / 1)*
*2.000 XP erhalten*

***Level-Aufstieg!***
*Abenteurer Level 5*
*Du hast 5 Attributspunkte gewonnen.*

Wie das glückliche Schnurren von Asin bezeugt, hat sie wahrscheinlich die gleiche Quest-Benachrichtigung erhalten. *Nun*, denkt Daniel, *es gibt vielleicht noch mindestens einen weiteren Grund, Quests zu erledigen.*

***

Mit etwas zusätzlicher Zeit betritt Daniel zum ersten Mal seit Monaten wieder das Trainingsgelände und ist erstaunt, wie wenig sich das Gelände in der Zwischenzeit verändert hat. Der gleiche alte Geruch von schwitzenden Körpern, Öl und Metall erfüllt die Luft, und das gleiche Grunzen und gelegentliche Stöhnen von Schmerz oder Frustration klingen durch die Halle.

Er winkt Litzburn zu, der ihm ein breites Lächeln schenkt, bevor er ein paar letzte Bemerkungen an seine aktuellen Schüler weitergibt und zu Daniel geht. Sie begrüßten sich mit einem kurzen Händedruck, wobei Litzburn seinen alten Schüler mit geübtem Blick mustert. Daniel hatte noch mehr Muskeln zugelegt, doch die Art, wie er sich bewegte, sprach auch von einem besseren Körpergefühl. Die leichte Neigung seines Körpers in Richtung der Kämpfer verriet eine neue Vorsicht, die dem Neuling zuvor gefehlt hatte. Insgesamt war Litzburn zufrieden – der junge Mann machte gute Fortschritte. Natürlich konnte er das dem Jungen nicht sagen. „Du brauchst dringend einen Haarschnitt."

Kichernd fährt sich Daniel mit der Hand durch seinen braunen Haarschopf und nickt: „Ja, das muss ich mal machen lassen."

„Na, dann mach dich mal fertig", Litzburn schiebt ihn zu den Wänden, wo die Trainingswaffen stehen. „Etage 3."

Daniel nickt freudig und eilt los, um die Trainingsausrüstung zu holen. Als er auf der Etage ankommt, ist er überrascht, Litzburn zu sehen, der sich lässig streckt, während das Licht auf seinem geölten Glatzkopf glitzert. Für einen Moment spürt Daniel ein Zittern, bevor er grinst und erkennt, dass dies eine großartige Chance ist, um zu sehen, wie weit er gekommen ist.

In dem Moment, in dem Litzburn seine Bereitschaft signalisiert, startet Daniel einen Angriff, tritt nach vorne und setzt einen Doppelschlag ein. Litzburn blockt den Ersten, weicht dem Zweiten aus und muss leicht nach hinten ausweichen, um dem Schildschlag zu entgehen, der als Nächstes kommt. Daniel lässt nicht locker und treibt das Tempo des Kampfes an, um den erfahreneren Kämpfer aus dem Gleichgewicht zu bringen. Litzburn blockt weiterhin jeden Schlag mit minimalem Aufwand, schlägt Daniels Streitkolben beiseite und erzwingt immer breitere Schläge, bevor er ausholt und eine ungeschützte Stelle entdeckt, nach der er gesucht hat. Voll in die Brust getroffen, taumelt Daniel zurück, sein Atem wird aus seinem Körper gepresst.

„Halt!"

Daniel nickt dankend und kommt wieder zu Atem, als Litzburn auf ihn zugeht. „Gut. Du bist schneller und stärker geworden, und du hast auch weiter trainiert, oder? Deine Grundlagen sind solide."

Daniel grummelt: „Ich habe dich aber nicht geschlagen.“

„Nein. Du bist zu direkt, führst keine echten Finten aus. Das ist in Ordnung gegen dumme Monster, aber gegen klügere Gegner musst du dir die nötigen ungeschützten Stellen zunutze machen.“ Er sieht Daniel an und fährt fort: „Es gibt zwei Hauptarten von Finten: Bewegungs- und Angriffsfinten. Man kann eine Finte ausführen, indem man sich auf eine Bewegung einlässt und sich dann anders verlagert.“ Litzburn macht es vor, verlagert sein Gewicht auf den vorderen Fuß, sein ganzer Körper neigt sich nach rechts, bevor er dann aber nach links springt.

„Oder du kannst einen Angriff vortäuschen, um den Gegner zu zwingen, eine ungeschützte Stelle zu schaffen. Bei Finten geht es darum, den Gegner zu einer Bewegung zu zwingen, aber sie funktionieren nicht, wenn man nicht andeutet, dass man angreift. Ein fingierter Angriff sollte wie ein echter Angriff aussehen und sich auch so anfühlen.“ Litzburns Lippen verziehen sich zu einem amüsierten Lächeln.

„Oder du greifst einfach an und änderst dann alles auf halbem Weg wie Mary.“

Daniel nimmt die Information schweigend auf, bevor er erneut seinen Streitkolben hebt. Litzburn tritt zurück, und sie beginnen von Neuem. Fast schon gelangweilt fügt Litzburn während des Kampfes hinzu: „Verfalle auch nicht in ein vorhersehbares Muster, vor allem nicht beim Einsatz deiner Spezialangriffe. Ein kluger Gegner wird das sehen und so etwas wie DAS hier tun!“

Litzburn blockt den Schildschlag und umfasst darauf Daniels Schild und Arm mit seinem eigenen, bevor Daniel sich zurückziehen kann. Ein schneller Schritt bringt Litzburn in Daniels Verteidigung, während er beginnt, Daniel nach unten zu ziehen und den kleineren Abenteurer über sein Knie zu strecken. Die freie Hand hebt sich, blitzt zu Daniels Hals und stoppt im letzten Moment, um die Demonstration zu beenden.

„Also, fangen wir noch einmal an.“

# Kapitel 20

„Hier entlang!" Khy'ra zieht an Daniels Arm und zerrt ihn den Weg entlang, ihr blondes Haar weht im Wind. Er lächelt und genießt die Aussicht, während die Elfe in ihrem leichten Sommerkleid eilig weiterläuft, wobei der Wind das Kleid an ihren Körper presst und ihre Kurven umschmeichelt. Es ist ein wenig kühl, der Frost von letzter Nacht taut langsam in der Frühlingssonne auf.

„Komm schon, Khy'ra." Daniel lacht und schüttelt den Kopf: „Du hast mir gesagt, ich soll mir einen Tag frei nehmen, und jetzt schleppst du mich herum. Es ist nicht so, dass es mir nichts ausmacht, einen Tag frei zu nehmen, aber könnten wir nicht etwas Zeit damit verbringen, uns tatsächlich auszuruhen?"

Sie schnaubt, dreht sich um und wartet, bis er zu ihr aufgeschlossen hat, bevor sie ihn auf die Nase küsst. „Sex gibt's später."

Daniel errötet leicht, ihm ist die offene Art, mit der Khy'ra mit bestimmten Themen umgeht, immer noch etwas unangenehm. „So habe ich das nicht gemeint!"

„Natürlich hast du das nicht." Sie grinst und zieht ihn an sich. „Wie auch immer, der einzige Grund, warum du zugestimmt hast zu kommen, war, dass Asin sich geweigert hat, heute wieder zu arbeiten. Ich glaube, sie hat es ungefähr so ausgedrückt, dass du dich dumm arbeitest."

Vorwärts blickend ist alles, was Daniel als mögliches Ziel erkennen kann, eine kleine Hütte am Ende des geschwungenen Weges. Die einzige erkennbare Struktur inmitten der sanften grünen Hügel, die sie durchqueren. Er ignoriert ihre und Asins spitze Bemerkungen, denn er weiß, dass sie recht hatten und dass er manchmal ein wenig zu konzentriert sein konnte. Aber sie mussten nur ein Level aufsteigen, dann würden sie vielleicht mit der nächsten Etage fertig werden. Nur ein kleines bisschen mehr. „Willst du mir wirklich nicht sagen, worum es hier geht?"

„Geduld!"

Als sie sich der Hütte nähern, bemerkt Daniel, dass die Wäscheleine draußen auf einem kleinen Flaschenzug zu ruhen scheint, um sie zu heben und zu senken. Die Hütte selbst sieht relativ gepflegt aus, es gibt keine offensichtlichen Löcher und das Strohdach wurde vor kurzem neu gedeckt. Khy'ra wartet nicht darauf, an der Tür zu klopfen, sondern tritt direkt ein. Das Innere der Hütte ist ein Kontrast zu dem sauberen Äußeren und ein komplettes Durcheinander mit Tischen, die jeden Zentimeter ausfüllen und mit einer breiten Palette von Gegenständen beladen sind – Schilde, Schwerter, Streitkolben, Schmuck und mehr. Auf einem der seltenen freien Plätze auf dem Tisch in der Mitte des Raumes liegen eine Reihe von Ätzwerkzeugen und ein kleiner Becher, daneben Behälter, die mit Kupfer-, Silber- und Goldstaub befüllt sind.

„Khy'ra, Mädchen, du hast es geschafft!" Eine tiefe Stimme dröhnt aus der Küche, dicht gefolgt von ihrem Besitzer. Der Zwerg, der hier wohnt, kommt mit einer Bratpfanne in der Hand und einer Schürze aus der Küche, seinen braunen Vollbart hat er sich zur Sicherheit geflochten. Braune Augen funkeln, als er die Pfanne hebt, in welcher Scheiben von himmlisch duftendem Speck brutzeln, was Daniels hungrigen Magen zum Knurren bringt.

„Tharuk, Junge, ich habe dir doch gesagt, dass ich heute hier sein würde", sagt Khy'ra, geht weiter in die Hütte hinein und deutet hinter sich auf Daniel. „Das ist Daniel; er ist ein Freund."

„Tharuk. Das riecht aber gut." Daniel grüßt den Zwerg und winkt dann.

Tharuk lacht und zeigt ihnen den Weg in die Küche: „Komm. Es ist mehr als genug für alle da!"

Knapp dreißig Minuten später klopft sich Daniel zufrieden den Bauch, nachdem er sich vollgestopft hat. *Tharuk ist definitiv ein sehr guter Koch, besser sogar als Elise, obwohl er weiß, dass er das nie laut sagen würde!* „Das war wunderbar, Tharuk. Ich danke dir. Jetzt bin ich froh, dass Khy'ra mich hierhergeschleppt hat."

„Jeder Freund dieses Mädchens ist ein Freund von mir." Tharuk grinst, steht auf und beginnt, das Geschirr wegzuräumen. „Auch wenn er sie mir geklaut hat."

Daniel wird blass und wirft einen Blick auf Khy'ra, die ihn nur freundlich anlächelt. Tharuk scheint die Unbehaglichkeit, die seine Worte ausgelöst haben, nicht zu bemerken, er kommt zurück und bietet weitere Köstlichkeiten an. „Torte?"

„Uhh …", Daniel starrt auf den Kuchen, zuckt dann mit den Schultern und nimmt den Teller. „Vielen Dank."

„Das Mädchen sagt, du hattest Probleme mit dem sechsten Stock?" Tharuk erwähnt die Frage eher beiläufig zwischen einem Bissen Kuchen. Khy'ra bleibt still und genießt ihr eigenes Stück, während sie die beiden reden lässt.

„Ja. Die Behemoth Crawlers sind einfach zu stark. Wir können einen töten, aber das dauert ewig, und wenn es zwei sind, bleibt uns nichts anderes übrig als wegzulaufen", brummt Daniel und fuchtelt energisch mit seiner Gabel herum. „Es sind immer ein paar von ihnen gleichzeitig in einem Nest, und ich will gar nicht daran denken, wie der Boss aussieht."

„Die Crawler sind furchtbar. Der zähe Panzer macht es fast unmöglich, sie zu zerschlagen oder zu erstechen. Die meisten Abenteurer müssen ein paar Mal aufleveln oder sich oft genug mit anderen zusammentun, um die Etage zu meistern. Khy'ra sagt aber, dass du dafür zu ungeduldig bist, du musst noch woanders hin und so weiter."

„Na ja, ich bin ... du weißt schon ...", Daniel zieht eine Grimasse und zuckt mit den Schultern.

„Jung." Tharuk lacht herzhaft und deutet auf die Vorderseite seiner Hütte und seine Werkstatt, während er seinen Kuchen zu Ende isst. „Also gut, ich habe etwas, das helfen kann. Dir und deiner Catkin."

Er geht an Daniel vorbei und schubst den Abenteurer zurück auf seinen Platz, als dieser versucht ihm zu folgen. Ein paar Minuten später kehrt Tharuk mit zwei Paar Armschienen zurück, die mit Kupfer graviert sind. „Normalerweise arbeite ich heutzutage nicht mehr mit solch minderwertigen Materialien, aber zu Khy'ra konnte ich nicht nein sagen."

„Was sind sie genau?" Daniel nimmt eine in die Hand und betrachtet stirnrunzelnd die Ätzungen. Die Armschienen haben etwas an sich, ein Gefühl von Macht, das er am Rande seiner Wahrnehmung spüren kann. Er erweitert seine Sinne ein wenig, spürt die Armschienen durch sein Mana und stellt fest, dass die Schienen selbst Mana zu enthalten scheinen. „Die sind verzaubert!"

### *Kleinere Blitzarmschienen*

*Wirkung: Wenn die Armschienen getragen werden, fügen sie pro erfolgreichem Angriff 3 - 5 Punkte Blitzschaden zu. 5 % Chance auf Betäubung (wird durch Magieresistenz verhindert).*
*Lebensdauer: 30 / 30*
*Gegenstandsklasse: Verzaubert*
*Qualität: Ausgezeichnet (+2 auf Verzauberungsschaden)*

„Nun, ich bin ein Zauberer." Tharuk gestikuliert auf die Armschienen vor ihm und lächelt dabei ein wenig mit Stolz. „Diese sind mit Blitzmagie verzaubert. Wenn du sie trägst, wird deine Aura selbst mit Blitzmagie durchtränkt, und jeder deiner Angriffe verursacht einen kleinen Anteil an Blitzschaden. Die Crawler selbst sind empfindlich, also wirst du sie viel leichter töten können."

Daniels Grinsen wird noch breiter, als er die Armschienen anfasst. „Danke!"

„Gern geschehen. Ich brauche außerdem 12 Gold für die Armschienen", erklärt Tharuk. Daniels Kinnlade fällt herunter, die Summe verblüfft ihn. Ein sparsamer Mann konnte mit einem einzigen Gold ein Jahr lang überleben; Zwölf waren ein Vermögen. „Pro Stück."

Plötzlich fühlt sich das himmlische Essen, das er gegessen hat, wie Blei in seinem Magen an. Er verdiente zwar schon seit einer Weile eine anständige Summe, aber trotzdem. „Ich ähh ... habe nicht so viel."

„Natürlich nicht. Gib das Geld einfach Khy'ra, wenn du kannst. Ich vertraue dir!" Khy'ra lächelt nur und hebt ihren Becher, während Daniel von der Nachricht noch etwas schwindelig ist. Das war sein erster verzauberter Gegenstand, aber für so viel Geld. Er schiebt das Gefühl der Beklommenheit beiseite. Er wusste immer, dass das Abenteurerdasein eine teure Angelegenheit war; es schien, als wäre es an der Zeit für ihn, sich wirklich zu entscheiden. Würde er nach der Spitze der Abenteurer streben oder nur ein weiterer Abenteurer mit niedrigem Rang werden, der in kleinen Dungeons arbeitet und genug verdient, um ein bequemes, aber nicht aufregendes Leben zu führen?

So gesehen, gab es wirklich kaum eine Wahl. Wenn Daniel Komfort gewollt hätte, hätte er einfachere, leichtere Optionen gehabt: „Danke. Ich werde mich revanchieren, sobald ich kann. Das werde ich."

Unfähig, sich zurückzuhalten, legt sich Daniel schnell die Armschienen um. In dem Moment, in dem beide angelegt sind, durchströmt ihn eine Energiewelle, die in seine Aura eindringt. Während er sich konzentriert, spürt er das Flackern des Blitzmanas, das nun in seine Aura eingeflossen ist und sich ausbreitet. Als er eine Gabel in die Hand nimmt, spürt er, wie sie bis zur Gabel hinunterfließt und sie mit einem kleinen Teil des Blitzmanas und seiner eigenen Aura auflädt. Die beiden alten Freunde sehen einfach nur zu, wie er mit seinem neuen Spielzeug spielt, und tauschen ein wissendes Lächeln aus.

***

„Mrs. Hearth, was habe ich Ihnen zu Übertreibungen gesagt?" grummelt Daniel später am Abend, hebt den Arm der älteren

Frau, um ihn noch einmal zu inspizieren, und lässt ihn dann fallen.

Die Achtzigjährige kichert kurz, bevor sie vor Schmerz zusammenzuckt: „Junger Mann, in meinem Alter nimmt man sich die Zeit, die man bekommt, und nutzt sie voll aus."

Schnaubend seufzt Daniel und streckt seine Gabe aus, um die gerissenen Sehnen und Muskeln in der Schulter langsam wieder zusammenzuziehen. Auf diese Weise zu heilen, war für Daniel inzwischen nichts Neues, obwohl er mit Khy'ras Anleitung gelernt hatte, weniger Kraft zu verwenden und kleinere Anpassungen vorzunehmen, um den natürlichen Heilungsfähigkeiten des Körpers den Vortritt zu lassen. Den größten Zuwachs an Fertigkeiten erlangte er jedoch, als er den Kranken und Alten half, deren verschiedene Gebrechen und Krankheiten außerhalb seiner bisherigen Erfahrungen in den Minenlagern lagen. Das harte Leben im Lager ist kein Ort für schwache oder alte Menschen, also behandelte er hauptsächlich Verletzungen, nicht die üblichen Krankheiten, mit denen er jetzt zu tun hat.

Als er mit der alten Frau fertig ist, schickt er sie hinaus, bevor er sich Khy'ra zuwendet, die hereingekommen ist. Nachdem sie einen kurzen Kuss austauschen, verkündet sie: „Das war's für heute. Danke, dass du mit mir gekommen bist, Daniel. Ich hatte ein schlechtes Gewissen, weil ich mir den Vormittag freigenommen habe."

Daniel nickt nur und nimmt die Anerkennung dankend an. Es war nicht gerade das, was er als Ruhetag bezeichnen würde, aber wer war er, sich zu beschweren: „Khy'ra, eine Frage."

„Mmm ...?"

„Mir ist aufgefallen, dass einige der Patienten, nun ja, sie scheinen sich zu weigern, zu dir zu gehen." Er gestikuliert in Richtung des nun leeren Wartezimmers.

„Oh, hmm ... ich würde es nicht als Verweigerung bezeichnen. Sie fühlen sich bei dir einfach wohler", erklärt Khy'ra und schaut zu dem jungen Mann hinüber.

„Richtig ..." Daniels Augen verengen sich, bevor er zusammenzuckt, als Khy'ra ihm einen Schlag auf den Arm versetzt.

„Nicht", warnt sie ihn, und er seufzt und nickt. Es hat keinen Sinn, sich darüber aufzuregen, auch wenn ihre Handlungen einfach keinen Sinn machten. Wie sein Großvater schon sagte, Dummköpfe würden Dummköpfe bleiben. Trotzdem würde er sie das nächste Mal vielleicht ein bisschen länger warten lassen und traditionellere Methoden bei ihnen anwenden. Es macht keinen Sinn, seine Gabe für solche zu verschwenden ... „Au!"

„Ich sagte, lass es." Khy'ra hält ihre Faust hoch und blickt Daniel an, bevor er schnell nickt.

„Schon gut, schon gut."

„Schön. Ich mag es nämlich viel lieber, wenn man mich schlägt ..." Khy'ra grinst den plötzlich errötenden Daniel lasziv an. Trotzdem erwidert er.

„Das tust du wirklich, oder ..."

# Kapitel 21

„Das."

Krach.

„Ist."

Krach.

„Fantastisch!"

Krach.

Blitze erscheinen wieder, als Daniels Streitkolben den Behemoth Crawler zerquetscht. Die Kreatur zittert wieder, der Blitz durchdringt ihren zerschmetterten Panzer. Sie geht jedoch nicht so leicht zu Boden und schwingt ihren Kopf herum, um mit dem Mundwerkzeug nach Daniel zu schlagen. Der ruckartige Angriff wird jedoch leicht von Daniels Schild abgefangen, und sein Körper wird lange genug hochgehebelt, damit Daniel einen Unterhandschlag gegen die dünnere Unterpanzerung landen kann. Der Crawler zittert noch einmal und fällt tot um, was Daniel erlaubt, den Rest des Nestes im sechsten Stockwerk zu überblicken.

Zu seiner Rechten wirft Asin ein Messer nach dem anderen in die sich windende Masse der jungen Crawler. Sie kämpfen unerbittlich, um zu ihr zu gelangen, aber als sie sich nähern, springt sie leichtfüßig weg und setzt ihren Angriff fort. Mit jedem Treffer kommt das verräterische Flackern eines Blitzes und schockt die Crawler. Asin wechselt das Ziel, als ein Crawler zu nahekommt, dreht das Messer in ihrer Hand und wirft es mit einer spiralförmigen Bewegung, während sie ihr Skill „Durchdringender Wurf" aktiviert. Das neu durchdrungene Messer zertrümmert den Panzer, und das Blitzmana richtet weiteren Schaden im ungeschützten Fleisch an. Durch Experimente haben die Abenteurer gelernt, dass Asins Messer die Verzauberung nur über eine kurze Distanz aufrechterhalten können, bevor diese nachlässt.

Als es dem verletzten Crawler schließlich gelingt, die Distanz zu verringern, macht Asin einen Rückwärtssalto und tritt dem Crawler mit dem hinteren Fuß ins Gesicht, um den finalen Stoß gegen die Kreatur zu landen – ein Blitz zuckt auf, als der Schlag die Kreatur tötet. Dann greift Daniel in den Kampf ein, sein Streitkolben erledigt schnell die übrigen, bereits verwundeten Junior Crawler. Während sie die Leichen plündern, können beide Abenteurer ihre Freude darüber nicht verbergen, wie schnell sie dieses Nest erledigt haben.

„So ..." Daniel neigt seinen Kopf zu Asin, hebt seinen Streitkolben und versucht, professionell zu klingen. „Boss?"

Die Catkin ist in ihrer üblichen Hocke, schaut zu Daniel auf und runzelt ihre Schnauze, obwohl auch ihre Augen funkeln. Sie braucht einen Moment, um so zu tun, als würde sie darüber nachdenken, aber ihr Entschluss ist bereits gefasst. Mit einem entschlossenen Nicken gehen sie los.

Leider war die Suche nach dem Boss in der sechsten Ebene eine Herausforderung für sich. Noch einmal fast halb so groß wie die fünfte Ebene, müssen die beiden Abenteurer erst einmal aufgeben, bevor sie sein Versteck ausfindig machen können. Selbst wenn Daniel ihre Müdigkeit gelegentlich mit seiner Gabe entfernt, kann er nichts gegen die mentale Erschöpfung tun, die beim Kriechen durch die Dunkelheit in ständiger Gefahr entsteht.

Auch die nächsten drei Tage haben sie kein Glück, und am vierten Tag kommen sie zu spät, als eine andere Gruppe den monströsen Crawler wenige Minuten vor ihrer Ankunft erledigt. Mürrisch überlassen die beiden der feiernden

Gruppe ihre Beute, da sie wissen, dass der Boss wahrscheinlich an einem neuen Ort wieder auftauchen wird. Die einzige große Errungenschaft der letzten Tage war, dass sie die Treppe hinunter in den siebten Stock gefunden hatten, wo sie sich registrierten, aber noch nichts erkundeten.

„Ich glaube, heute werden wir Glück haben!" stellt Daniel fest, als sie wieder in den sechsten Stock hinuntersteigen. Asin schnaubt nur, da sie diesen Ausspruch schon viermal gehört hat, obwohl sie genauso aufgeregt ist, es zu schaffen, wie er. Diesmal liegt er mit seiner Annahme jedoch nicht falsch, denn nach nur wenigen Stunden der Suche und einem einzigen Kampf mit einem Nest, stoßen sie auf den Boss der sechsten Etage.

Wie Mary anfangs erwähnt hatte, war der Boss im Dungeon von der gleichen Form wie die anderen Monster vor ihm, nur wesentlich mächtiger. Da sie die Leiche des Bosses schon einmal gesehen haben, ist keiner der Abenteurer von der Größe des Titanic Crawlers überrascht, aber ein Teil von ihnen fragt sich immer noch, wie er es geschafft hat, sich in den engen Tunneln der sechsten Etage zu bewegen.

Der Titanic Crawler war doppelt so groß wie ein Behemoth Crawler, allein sein Kopf war eineinhalb Meter breit. Sein Körper erstreckte sich hinter ihm, zusammengerollt, als würde er schlafen, und ihre Vermutungen über seine Größe noch einmal über den Haufen warf, da er mindestens sechs Meter lang war. Sein Panzer schimmerte dunkel im schwachen Licht, die Kreatur ruhte, während ihre Beute nach ihr suchte.

Die beiden brauchen keine Worte, denn sie haben eine todsichere Taktik im Umgang mit einem einzelnen Feind ausgearbeitet. Asin betritt den Raum als Erste, leise, wie es nur eine Catkin kann, und klettert schnell eine Wand hinauf, um sich selbst außer Gefahr zu bringen. Versteckt in den Schatten bereitet sie ihre Angriffe vor und beginnt den Kampf mit einem Durchbohrenden Wurf. Sie folgt sofort mit einem Weiteren, der auf die gleiche Stelle in der Mitte des Rückens zielt, um den Panzer zu zerschmettern. Die Schüsse sind zu weit entfernt, als dass die Verzauberungen der Armschienen wirken könnten, aber sie zertrümmern den Panzer in kleine Stücke, was ausreicht, um die folgenden Messer in ungeschütztem Fleisch landen zu lassen.

Der Crawler brüllt, als er angegriffen wird, erschüttert damit die Höhle, und bewegt sich auf Asin zu, deren Präsenz er gerade entdeckt hat. Daniel nutzt den Moment aus und stürmt auf die Kreatur zu, um sie mit einem Schildschlag zu treffen. Die Kreatur taumelt zurück, Blitze leuchten auf, während Daniel auf die Beine der Kreatur auf einer Seite zielt, um die Bewegungen des Bosses zu lähmen.

Nach nur zwei Schlägen ist ein einzelnes Bein von vielen zerschmettert, bevor sich der Crawler dreht und seine Masse nutzt, um Daniel zu schlagen. Er bringt seine Hände rechtzeitig zusammen, für das Blocken einer Attacke, wobei er sowohl seinen Schild als auch seinen Streitkolben zur Unterstützung seines Blocks einsetzt. In Sicherheit vor dem unmittelbaren Gegenschlag beginnt Daniel, auf die Kreatur einzuhämmern, um dessen Aufmerksamkeit auf sich zu lenken, während Asin von der Decke herabfällt und die Länge der Kreatur entlangläuft in Richtung ihrer eingebetteten Messer. Dort angekommen, beginnt sie, den zerbrochenen Panzer aufzureißen, um an das ungeschützte Fleisch im Inneren zu gelangen.

Der Boss strampelt und versucht, Asin abzuwerfen, während er gleichzeitig versucht, Daniel mit seinem Mundwerkzeug zu zerquetschen. Daniel kämpft defensiv, wehrt die Angriffe gegen ihn ab und schlägt nur zu, wenn er kann, um Funken von Blitzschaden gegen das Monster einzusetzen. Die wiederholten Schläge scheinen es kaum zu verlangsamen; als Asin schließlich eine ungeschützte Stelle schafft, die groß genug für sie selbst ist, stößt sie ihr Messer in seinen Rücken.

Der Titanic Crawler macht plötzlich etwas Unerwartetes: Er rollt sich komplett zusammen. Die Catkin wirft sich ab, aber die momentane Überraschung bedeutet, dass sie nicht in der Lage ist, ganz von dem rollenden Körper wegzuspringen. Die Masse des Titanic Crawlers landet auf ihren Beinen, was ihr einen erstickten Schrei entlockt.

Daniel springt und schwingt mit beiden Armen seinen Streitkolben gegen den nun weicheren Panzer. Die Schläge zwingen die Kreatur, sich erneut zu wälzen, um seinen Körper zu schützen, wobei ein Fuß Asin in den Magen sticht. Sie stößt ein ersticktes Stöhnen aus, der Schmerz strahlt von ihren gebrochenen Füßen aus, aber die Catkin stützt sich dennoch ab und hackt mit ihrem Messer auf das Bein, um sich zu befreien. Als ihr das gelungen ist, beginnt sie, sich von dem Monster wegzuziehen, wobei sie bei jeder Bewegung ein schwaches Wimmern von sich gibt.

Glücklicherweise hat Daniel jetzt die volle Aufmerksamkeit der Kreatur, was Asin erlaubt, weiter wegzukriechen, während er seine Fähigkeiten auslöst und immer wieder auf die Kreatur einprügelt, um ihre Aufmerksamkeit zu behalten. Er spürt, wie die Kraft seiner Schläge nachlässt, die Müdigkeit holt ihn ein, während er angreift und ausweicht, in dem verzweifelten Versuch, seine Freundin zu retten. Schließlich betäubt ein glücklicher Schildschlag die Kreatur für ein paar Sekunden, sodass Daniel rennen und sich seine Teamkollegin schnappen kann, sodass sie in einen nahe gelegenen Tunnelschacht entkommen können.

Im kleineren Tunnel, der für den Moment sicher ist, dreht sich Daniel um und konzentriert sich auf die Heilung seiner Teamkollegin. Er braucht seine Gabe nicht, um zu erkennen, dass sie schwer verletzt ist, da ihre beiden Beine durch das Gewicht des Ungetüms zerschmettert wurden und das Bein des Crawlers immer noch aus ihrem Bauch ragt.

Konzentriert verdrängt er seine Gabe, während er das Bein herauszieht und beginnt, ihre Knochen von Hand wieder zusammenzusetzen. Asin würgt einen kurzen Schrei zurück, bevor sie vor Schmerz ohnmächtig wird, während Daniel ihre Knochen mit schnellen, effizienten Bewegungen anordnet. Seine Gabe beginnt fast augenblicklich von ihm Besitz zu ergreifen, verzehrt Erinnerungen an frühere Kämpfe, dehnt Muskeln und Nerven, während die Gabe seine gewonnene Erfahrung nutzt, um die Heilung voranzutreiben. Erinnerungen und Erfahrungen, gute wie schlechte, verschwinden, und es fühlt sich für Daniel wie Tage an, als er wieder aus seiner Trance zu sich kommt und neben seiner Freundin zusammensackt.

Er zittert, sein Körper gewöhnt sich langsam an seinen neuen Zustand. Asin ist schon wach, als er wieder zu sich kommt, und starrt ihren geheilten Körper mit Ehrfurcht an. Sie zeigt auf ihn, und Daniel nickt nur, woraufhin sie ein leises Grummeln von sich gibt. Da er immer noch nicht gelernt hat, Catkin zu sprechen, zuckt Daniel nur mit den Schultern und zwingt sich, aufzustehen.

„Weißt du, ich wette, dieser Boss ist noch nicht geheilt ..." überlegt Daniel, während er seinen Streitkolben in seine Hand klatscht.

Der motivierte Aufschrei von Asin signalisiert ihre Zustimmung und Daniels Gesicht verzieht sich zu einem grimmigen Lächeln. Zeit, wieder etwas Erfahrung zu sammeln.

***

„Igitt ..." Daniel schüttelt die Schleimreste an seinem Schild ab und wirft diesen angewidert zur Seite. Der Crawler hatte erneut versucht, mit seinem Gewicht auf Daniel einzuschlagen. Unglücklicherweise hatte der Crawler nicht damit gerechnet, dass der Abenteurer ihn einfach abblocken würde. Der starke Ex-Bergmann fing die volle Wucht mit seinem ausgestreckten Schildarm ab und konnte ihn gerade noch vom Boden abhalten. Der Fehler war tödlich für die bereits verwundete Kreatur, Asin rutschte unter sie, um sie von unten zu zerfleischen und ihre drei Herzen zu durchbohren.

Die Kreatur ist tot, ihr Körper löst sich auf, und die beiden Abenteurer ruhen sich ein paar Augenblicke aus, bevor sie den Chemiebeutel und den Manastein des Bosses aufheben und zur Truhe gehen. Sie grinsen über den größten Manastein, den sie je gesehen haben. Er leuchtet im klaren Licht.

*Das ist ja ein echter Stein*, denkt Daniel und hebt ihn auf, um ihn zu bewundern. Asin schnurrt einen Moment lang, dann geben ihre Gesichtszüge keine Hinweise auf ihre Gedanken mehr und sie schaut zwischen dem Stein und Daniel hin und her. Anschließend deutet sie auf ihn und sagt: „Er gehört dir."

„Hm?“ Aus seiner gierigen Betrachtung gerissen, schüttelt Daniel den Kopf über ihre Andeutung. „Unserer.“

„Deiner.“ Asin, die nun gegen seinen Arm drückt, um den Stein näher an Daniel heranzubringen, bleibt hartnäckig.

„Nein. Unserer.“ Daniel hält inne und merkt, dass er wieder in den Rhythmus ihrer Redensweise verfällt. „Das ist unserer. Wir sind Partner. Du rettest mich, ich rette dich. So funktioniert das hier.“

Asin gibt ein leises Knurren und stößt erneut gegen den Stein. „Deins.“

„Nein.“ Dann verfallen die beiden in einen Wettstreit des Anstarrens, den keiner von ihnen aufgeben will. Einige Minuten herrscht angespannte Stille um sie herum, keiner will wegschauen oder nachgeben. Erst das Geräusch der sich nähernden Crawler lässt die beiden ihre Blicke abwenden. Daniel starrt sie ein letztes Mal an, dann zuckt er mit den Schultern und wirft den Stein zurück in die Truhe.

„Na gut. Dann eben nicht“, brummt Daniel und dreht sich um, um auf die ankommenden Monster zuzugehen. Wenn sie den Stein nicht mitnehmen würden, könnte er wenigstens anfangen, sich von den anderen Crawlern etwas zu holen.

Asin steht einfach nur schockiert über diesen frustrierenden Menschen da, ein leises, brummendes Knurren in Catkin dringt aus ihrer Kehle. Das war Geld, das er wegwarf, eine Menge davon! *Warum lässt er sie nicht ihre Dankbarkeit für die Rettung ihres Lebens zeigen?* Frustriert und unglücklich, dass sie verloren hat, schnappt sie sich den Stein wieder aus der Truhe und krabbelt ihm hinterher. *Schließlich war sie nicht bereit, gutes Geld zurückzulassen, nur um ihren Standpunkt zu verteidigen.*

# Kapitel 22

„Ihr zwei solltet euch unterhalten“, sagt Liev zu Daniel, während er darauf wartet, dass Asin mit ihrem täglichen Kassensturz fertig wird.

„Ich weiß nicht, wovon du sprichst“, erwidert Daniel und schaut wieder zu Liev, woraufhin der ältere Wärter schnieft und sich wieder mit einer Hand durch das lockige Durcheinander seiner Haare fährt.

„Ihr zwei habt Probleme. Das wirkt sich negativ auf eure Arbeit aus. Ich habe die Abrechnung der letzten Tage gesehen, und ihr seid im Minus. Und es liegt nicht nur an den kürzeren Arbeitszeiten, die ihr habt“, sagt Liev und hebt einen Finger. „Obwohl das auch ein Grund ist. Ich habe dich oder sie noch nie zwei Tage hintereinander vor acht Uhr aus dem Dungeon kommen sehen, und heute ist der vierte Tag, an dem ihr beide schon hier seid.“

Daniel verschränkt die Arme und entgegnet: „Ihr sagt alle ständig, ich soll eine Pause machen, vielleicht ist es das, was wir tun.“

„Ist es das?“ Liev blickt ihn fragend an, und Daniel verzieht unbehaglich das Gesicht und wendet den Blick vom Wärter ab. „Dachte ich mir schon. Redet.“

Daniel steht seufzend auf, als Liev weggeht. Liev hatte recht, die letzten Tage, das unangenehme Schweigen zwischen den beiden Abenteurern nach ihrem ersten richtigen Kampf hatte ihre Zusammenarbeit beeinträchtigt, und das unausgesprochene Problem zwischen ihnen hing in der Luft, und erstickte sie in den Kriechgängen des sechsten Stocks. Es war so schwer, dass es die beiden früh zurück nach oben trieb.

Asin kommt herüber und übergibt Daniel einen Beutel. Er hebt den Beutel auf, und ein Teil von ihm fragt sich, ob sie ihm mehr als seinen Anteil gibt, bevor er den Kopf schüttelt und ihn loslässt. Liev hat recht; das hier fing an, eine problematische Ablenkung zu werden.

Während Daniel mit seinen Zweifeln kämpft, hat sich Asin schon abgewandt und ist losgegangen.

„Asin!" ruft Daniel.

Mit leicht gebeugten Schultern dreht sich die Catkin zu Daniel um, die goldenen Augen glitzern erwartungsvoll.

„Wir müssen reden", sagt Daniel, während er auf sie zugeht.

Sie schnauft, nickt dann schließlich und winkt ihn weiter. Daniel rollt mit den Augen und fragt sich, warum er immer vorangeht. Eine Zeit lang überlegt Daniel, wohin er gehen soll, bevor er dorthin geht, wo er sich am wohlsten fühlt – in das Spinning Top.

***

Das Top ist überraschend ruhig, und Daniel blinzelt überrascht über das Fehlen der Gäste. Elise lächelt, als sie reinkommen, und winkt sie zu einem Tisch, bevor sie herüberkommt, um sie selbst zu bedienen. „Daniel, und das muss Asin sein?"

Asin nickt, und Elise lächelt: „Ich weiß, was er will, aber wir haben Klettenwurzel, wenn du magst? Und der Braten ist so gut wie fertig."

Asin stößt einen kleinen Freudenschrei aus und nickt eifrig auf Elises Vorschlag hin, die lächelt und sich auf den Weg macht, um ihre Bestellung vorzubereiten. Daniel rutscht unbehaglich in seinem Stuhl hin und her, als Asin sich umdreht und ihn schweigend ansieht. Sie sitzen einfach da und warten auf das Essen, die Stille wird immer unangenehmer, bis Daniel schließlich nachgibt.

„Wir haben Probleme", beginnt Daniel und wartet auf eine Reaktion von Asin. Als er keine bekommt, macht er trotzdem weiter: „Wir arbeiten nicht so gut zusammen, wir kommen uns gegenseitig in die Quere, und na ja, es läuft einfach nicht gut."

Asin lenkt schließlich ein und schenkt ihm ein kurzes Nicken, bevor Daniel fortfährt: „Es begann beim Kampf mit dem Boss. Und der Heilung. Ich schätze, du willst wissen, warum ich dir nicht schon früher davon erzählt habe."

Asin legt kurz den Kopf schief, bevor sie ein kleines Schnaufen ausstößt und ihn schüttelt. „Stein."

„Du bist sauer auf mich wegen des Steins?" Daniel blinzelt irritiert.

„Ja. Ich gebe. Du weigerst dich", fährt Asin fort und schüttelt den Kopf. „Wirfst weg."

„Natürlich habe ich es abgelehnt", stellt Daniel fest. „Ich kann nicht alles für mich nehmen. Das wäre falsch. Man nimmt nicht von seinem Team."

„Wegschmeißen!" Asin knurrt und zeigt auf ihn. „Kein Respekt für Asin."

„Doch, ich respektiere dich. Deshalb habe ich den Stein auch abgelehnt!" Daniel protestiert und Asin schnaubt, ihre Nasenlöcher blähen sich auf, während ihr Schwanz hinter ihr hervorschnellt, gerade wie ein Schwert.

„Kein Respekt. Wirfst weg!" Asin knurrt erneut und klopft mit der Pfote auf den Boden, ihre Krallen fahren leicht aus.

Daniel lehnt sich von der Catkin zurück, das Knurren jagt ihm unwillkürlich einen Schauer über den Rücken: „Asin, ich respektiere dich. Du bist mein Team."

Asin knurrt wieder, aber bevor sie etwas sagen kann, erscheint Elise und bringt ihre Getränke. „Ihr zwei, beruhigt euch. Oder klärt das außerhalb meines Gasthauses."

Daniel blinzelt und bemerkt, wie alle Anwesenden im Gasthaus die beiden beobachten. Er lässt den Kopf leicht hängen, während Asin sich umschaut und bemerkt, dass sie auf ihren Stuhl gesprungen ist, während sie mit Daniel spricht. Sie hüpft wieder herunter, wobei sie ebenfalls leicht beschämt aussieht.

Elise, die sieht, dass die beiden begonnen haben, sich zu benehmen, zeigt mit dem Finger auf die beiden. „Ihr zwei solltet wirklich versuchen, miteinander zu reden."

„Tun wir doch!" Daniel spricht etwas lauter, als er beabsichtigt hat, und Elise greift hinüber und gibt ihm einen Klaps auf den Kopf.

„Ich sagte reden, nicht immer wieder das Gleiche schreien. Erkläre deine Seite der Dinge!" Kopfschüttelnd geht Elise hinaus und murmelt unter ihrem Atem: „Jungspunde".

Als Elise die beiden verlässt, ist es Asin, die als erste das Schweigen bricht: „Asin gibt Geschenk. Geschenk! Daniel wegwerfen. Wirft weg Geschenk. Wirft weg Respekt." Als sie fertig ist, greift Asin nach ihrem Getränk und schlürft es hastig hinunter.

Daniel runzelt die Stirn und schüttelt den Kopf. „Aber ich konnte es dir nicht wegnehmen. Du hast es dir verdient!" Auf Asins Blick hin hebt er eine Hand abwehrend und überlegt, wie er es erklären soll. „Du weißt, dass ich in den Minen aufgewachsen bin, oder?" Asin nickt und Daniel fährt fort: „In den Minen arbeitet man im Team. Immer. Die Dummen, die Goldsucher, die Narren, die arbeiten allein und sterben allein. Echte Minenarbeiter, wir, arbeiten zusammen, weil die Mine immer darauf aus ist, dich zu erledigen. Einstürze, Ungeheuer, schlechte Luft. Ohne dein Team bist du nichts. *Ohne Asin wäre ich ein Nichts im Dungeon.* Und man nimmt nie das ganze Erz oder das ganze Mana von einem anderen. Wenn du das tust, kann es sein, dass sie am nächsten Tag nicht mehr zurückkommen können."

Asin schnaubt bei dem letzten Teil und schüttelt ein wenig den Kopf. Sie ist etwas besänftigt von dem, was Daniel gesagt hat, aber trotzdem auch immer noch verärgert. Während die beiden Abenteurer darüber nachdenken, kommt Elise mit ihrem Abendessen an und wirft ihnen einen letzten beschwichtigenden Blick zu, da sich die Tische im Top langsam füllten. Elise eilt davon und lässt die beiden schweigend zurück, während sie den Braten genießen.

Als beide mit dem Essen fertig sind, greift Asin in ihre Tasche und legt ein Paar Silberlinge auf den Tisch. Sie schaut Daniel direkt in die Augen und sagt: „Abendessen. Geschenk."

Daniel nickt bei ihren Worten und murmelt ein leises „Danke!". Das war eine Schlacht, in der er nicht kämpfen würde. Zufrieden schleicht sich Asin davon. Die Menge der Abenteurer und Wachen beäugt die Catkin und lächelt, als sie geht.

# Kapitel 23

„Das ist der Abenteurer, den du erwähnt hattest?" Der Sprecher ist breitschultrig, hat eine aufrechte Haltung und eine kleine, verblasste Narbe auf der linken Wange und trägt die grüngoldene Uniform der Armee. Der Mann spricht zu Liev, während er mit dem Finger auf Daniel zeigt, der an diesem frühen Morgen sein Frühstück genießt.

Liev nickt, die Hände hinter dem Rücken verschränkt und hat überraschenderweise sein widerspenstiges, rotes Haar glattgekämmt: „Ja, Champion, das ist er. Das ist Daniel Chai, Heiler und Abenteurer."

Der Champion schreitet heran und bellt Daniel mit einer autoritären Stimme an, die keinen Widerspruch duldet: „Ich brauche noch einen Heiler. Ich zahle eineinhalb Goldstücke pro Tag für einen; wir werden höchstens eine Woche weg sein. Wir brechen morgen auf."

Mit vollem Mund kaut und schluckt Daniel schnell und wirft dabei einen fragenden Blick zu Liev, um eine bessere Erklärung zu erhalten.

„Das ist Champion Eronin von der Herzogsgarde. Es scheint, dass ein Ork-Überfallkommando zwei Tagesritte von hier entfernt gesichtet wurde, und der Champion hat sich freiwillig gemeldet, um es zu bekämpfen. Ihr werdet von einem Dutzend anderer Abenteurer und einem Zug der Herzogsgarde begleitet.“

### *Quest angeboten*

*Begleite Champion Eronin im Kampf gegen das Ork-Überfallkommando.*

*Belohnung: 1 und ein halbes Gold pro Tag als Heiler.*

„Ähm ...“ Daniel kratzt sich am Kinn, während er noch einmal hinunterschluckt, „Das würde ich gerne tun, aber ich arbeite mit einer anderen Abenteurerin zusammen, Asin. Sie arbeitet mit Messern und ist eine viel bessere Fährtenleserin als ich.“

„Ein Gold pro Tag“, sagt Eronin und beginnt, sich von Daniel abzuwenden. Er hält inne, als Liev sich räuspert und darauf wartet, dass der Champion sich ihm zuwendet. „Champion, ich fürchte, ich muss dir mitteilen, dass sie eine Catkin ist.“

„Was?“ Eronin dreht sich um und sieht erst seinen potenziellen Heiler und dann den Gildenwächter an. „Vergiss es. Wir brauchen diese diebischen Kreaturen nicht in unserer Gruppe. Nur dich, Heiler."

„Dann nein", sagt Daniel ruhig und seine Worte lassen den ganzen Raum verstummen. Elise, die aus der Küche gekommen ist, zuckt zusammen, ihre braunen Augen verengen sich vor Sorge.

„Weißt du, wer ich bin?" Eronin knurrt und beugt sich vor, um Daniel direkt in die Augen zu blicken. „Du wirst mit mir kommen."

„Nein." Daniel fixiert seinen Blick für einen kurzen Moment und ist dann gezwungen, den Blick abzuwenden, unfähig, dem Druck standzuhalten, welcher von der Präsenz des Mannes aus kommt. Doch seine sture Natur weigert sich, den Forderungen des Mannes nachzugeben. Er würde sein Team nicht im Stich lassen.

Wieder knallt eine Hand auf den Tisch und Eronin knurrt: „Für diese Unverschämtheit könnte ich dich vernichten."

„Champion ..." Liev mischt sich ein und hustet verlegen in seine Hand. „Gemäß der Gildensatzung kann ein Abenteurer jede Anfrage ablehnen, aus welchem Grund auch immer, solange er sie nicht vorher angenommen hat. Daniel ist in seinem Recht, wenn auch nicht ganz bei Sinnen."

Eronin knurrt, eine Hand bebt auf dem Tisch, bevor er die Kontrolle über sein Temperament wiedererlangt und aus dem Raum stolziert und die Tür mit einem Krachen aufstößt. Liev folgt ihm lautlos. Als sie gehen, spürt Daniel einen harten Schlag auf seinen Kopf. Elise hält den Löffel, der gegen Daniels Kopf knallte.

„Du Idiot! Das war der Champion des Herzogs!" Elise beschwert sich und deutet zur Tür, durch die der Gast soeben gegangen war. „Wenn du nett geblieben wärst, hättest du persönliche Quests und mehr bekommen können!"

Daniel reibt sich den Kopf und versucht herauszufinden, wie er das Elise erklären soll. Sie braucht eine Erklärung, wahrscheinlich eine, die kompliziert ist, aber eigentlich ganz einfach. Asin ist seine Freundin und seine Partnerin, und man arbeitet immer mit seinem Team zusammen, denn das ist es, was man in den Minen tut. Wenn man einen Partner hat, arbeitet man zusammen, egal was passiert. Schließlich versucht er es ganz einfach mit: „Ich arbeite mit Asin."

Elises Stöhnen ist das, was er erwartet hat, obwohl sie, nachdem sie ihr vorheriges Gespräch mitgehört hat, seinen Gedankengang bis zu einem gewissen Punkt versteht. Trotzdem, das verdammte, sture Kind! Während sie frustriert dasteht, lenkt Daniel das Thema auf etwas, das ihn verwirrt. „Ich hätte nicht gedacht, dass Liev sie auch nicht leiden kann."

Elise reibt sich die Schläfen, während sie Daniel anstarrt, Kopfschmerzen bilden sich, während sie ihn aufklärt: „Liev macht nur seinen Job. Der Champion arbeitet nicht mit Beastkin zusammen, und das hat er bei seiner Suche wahrscheinlich deutlich gemacht."

„Oh", Daniel runzelt die Stirn und schaut auf seine Hände, versucht, die Gründe für eine solche Entscheidung zu verstehen. Am Ende zuckt er mit den Schultern und hakt es ab. Es geht ihn nichts an, warum andere das tun, was sie tun, sondern nur das, was er selbst zu tun beschließt. Daniel schluckt den letzten Rest seiner Mahlzeit hinunter, steht auf und gibt Elise einen Kuss auf die Wange. Er und Asin wollen heute versuchen, im siebten Stock gegen einen einzelnen Oger zu kämpfen. Die Arbeit in der siebten Etage ist hart, und sie hatten den Titanic Crawler in den letzten Tagen gemieden, da die knappe Niederlage noch frisch in ihren Köpfen ist. Vielleicht würde das Ausprobieren der neuen Etage für die dringend benötigte Abwechslung sorgen, auch wenn Daniel immer noch nicht das Geld für ein richtiges Kettenhemd hat.

***

„Das habe ich nicht erwartet", murmelt Daniel und blickt sich in der siebten Etage um. Die Decke erstreckt sich gut über zwölf Meter; überall sind Glühsteine verteilt, sodass es in der Höhle so hell ist wie bei Tageslicht. Der Boden ist mit üppigem Gras und wenigen kleinen Bäumen bedeckt, häufig versperren Büsche den Blick.

Asin nickt entschlossen und gleitet in ihrer leichten Lederrüstung und den Stiefeln lautlos über das Gras, bevor sie zaghaft einen Busch anstupst. Als sich nichts tut, geht sie in die

Hocke und betrachtet ihn genauer, bevor sie mit den Schultern zuckt und zum nächsten Busch geht, um ihre Aktion zu wiederholen.

Daniel behält die Höhle im Auge, während sie ihr Ding macht, und ein Teil von ihm ist froh, dass er nicht mehr gezwungen ist, sich zu ducken. Ohne die guten Massagen und die ständigen Heilzauber hätte er das Gefühl, dass er nach den letzten Monaten in einer permanenten Hocke feststecken würde.

Ein leises, rhythmisches Klopfen bringt die Aufmerksamkeit der beiden Abenteurer wieder auf den Punkt, Asin zieht ihren Mantel fester um sich, bevor sie sich in die Schatten der Höhle vorarbeitet. Daniel tritt vor, um sich der neuen Bedrohung zu stellen, und schluckt dann, als er zum ersten Mal einen Oger sieht. Die Kreatur ist fast drei Meter groß, trägt einen zerlumpten Lendenschurz und schwingt eine Keule. Sie hat einen Hängebauch und eine Schweineschnauze, die nur die Spitze einer wirklich hässlichen, aber menschenähnlichen Visage ist. Es brüllt, als es einen Eindringling in seinem Reich sieht, und stürmt vor, um Daniel zu bestrafen.

---

Daniel spannt sich an und wartet darauf, dass die Keule ihren Schlag ausführt, während er sich zwingt, langsam und gleichmäßig zu atmen. Der erste Kampf war immer der Gefährlichste, da man keine Kenntnisse über die Schwächen des Monsters hatte, auf die man zurückgreifen konnte. Anstatt sich auf ihn zu stürzen, will sich Daniel stattdessen auf die Verteidigung konzentrieren. Die Keule beginnt ihren Abwärtsschwung, aber Daniel bewegt sich nicht, sein Instinkt sagt ihm, dass er stillhalten soll, bis der Oger den Angriff vollständig ausgeführt hat. Der Oger täuscht jedoch keine Finte an, sondern setzt die Bewegung mit immer höherer Geschwindigkeit fort, sodass Daniel sich zur Seite werfen muss und gezwungen ist, eine Kontermöglichkeit aufzugeben, um dem Schlag auszuweichen. Dies ist nicht wie der Kampf gegen die Crawler oder Kobolde; der Kampf erinnert ihn eher an das Training gegen Litzburn, eine Situation, in der sein Gegner List und Tücke hatte.

Als der Oger zum erneuten Schlag ausholt, wird er von Asins Messer, das sie aus ihrem Versteck geworfen hat, erschreckt. Das Messer sticht in den Rücken des Ogers, gräbt sich in sein Rückgrat und betäubt ihn für einen kurzen Moment. Weitere Messer landen in schneller Folge und Daniel nutzt die momentan ungeschützte Stelle, um seinen Streitkolben zweimal in das Knie des Ogers zu rammen, bevor dieser vor dem Vergeltungsangriff zurückspringt. Als der Oger erneut zuschlägt, weicht Daniel dem Schlag mit seinem Schild aus, wird aber von der Kraft des Ogers überwältigt und in die Knie gezwungen. Der Oger schwingt weiter, jeder Schlag zerschlägt Daniels Versuche zu parieren und lässt den Abenteurer unter seinem Schild taumeln. Jeder parierte Schlag lässt seinen Körper vor Schmerz erzittern, seine Schulter und seine Arme werden malträtiert und sein Schild beginnt zu brechen.

Als der Oger wieder einen Schritt nach vorne macht, wirft Asin einen weiteren durchdringenden Schuss, diesmal auf sein bereits verletztes Knie. Das Knie gibt nach, und Daniel rollt sich weg, um dem fallenden Monster auszuweichen. Asin fährt fort, den Oger mit ihren Messern zu bewerfen, jedes Messer versinkt mit wenig Widerstand in seinem Körper und schockt die Kreatur mit Blitzen, während Daniel wieder mit seinem Streitkolben auf den Oger einprügelt. Verkrüppelt hält der Oger nicht mehr lange durch, bevor er den Angriffen der erbarmungslosen Abenteurer vollständig erliegt.

Als der Körper verwest, finden sie nur noch ein paar Münzen und einen Manastein. Die nun erfahrenen Abenteurer beäugen den Stein sofort, zufrieden über die erneute Qualitätssteigerung, bevor Asin den Stein wegsteckt.

„Weißt du, ich habe mich da gerade irgendwie ein bisschen schlecht gefühlt …" sagt Daniel, während er sich die Schulter reibt. Die wiederholten Angriffe haben seinen Arm betäubt und seine linke Schulter verletzt, der Schild ist unter dem Ansturm leicht eingerissen. Auch sein Knie pocht an der Stelle, an der er auf den Boden gedrückt wurde. Nichts, was eine einfache kleine Heilung nicht beheben würde, was er auch sofort tut, wobei er zufrieden über das Abklingen des Schmerzes seufzt.

Asin zuckt mit den Schultern, weil sie Daniels Gefühle in dieser Sache nicht versteht. Es war ein Ungeheuer. Der Oger musste sterben, egal wie sehr er wie ein Mensch aussah oder wie hilflos er am Ende war. Ein vom Dungeon erschaffenes Monster war nicht einmal real, nicht in dem Sinne, dass empfindungsfähige Spezies real waren. Nur Konstrukte.

Daniel blickt auf die Landschaft vor ihnen, bevor er sich an Asin wendet: „Aufstehen oder bleiben?"

Asin denkt über die Frage nach und an die Gänge über ihnen. Der Manastein, den sie gerade erhalten hatten, war definitiv ein Level höher, was mehr Kupfer bedeutete. Sie hasste es, Schulden zu haben, besonders bei ihren anderen Verpflichtungen. Schneller mehr Geld war gut, aber es war auch gefährlich. Daniel hatte sich schwergetan, gegen einen einzelnen Oger zu kämpfen - was, wenn zwei kamen? Andererseits waren ihre Dolche viel effektiver gegen die Oger, die derzeit keine Rüstung hatten.

Daniel rechnete auch in seinem eigenen Kopf nach und wog das Risiko und die Belohnung ab, im siebten Stock zu bleiben. Es scheint, als könnten sie mit einem einzelnen Oger ohne starke Verletzungen fertig werden. Zwei könnten problematisch werden, zumal

Asins Messer zwar Schaden anrichten, aber nicht tödlich sind. Er würde sich fast ausschließlich auf die Verteidigung konzentrieren müssen, wenn er gegen zwei kämpfen müsste. Trotzdem könnte er es wahrscheinlich schaffen …

„Bleiben." Die beiden sprechen fast gleichzeitig, was Asin ein amüsiertes Glucksen entlockt. Die Entscheidung ist gefallen, und sie läuft voraus, um mögliche Fallen auszuloten, obwohl ein Teil von ihr beschließt, es zu vermeiden, gegen mehr als einen auf einmal kämpfen zu müssen, wenn es sich vermeiden lässt. Am besten ist es, vorsichtig zu sein.

***

„Elsa." Daniel lächelt leicht und bemerkt die Wärterin in der Gildenhalle, als die beiden hereinhumpeln und etwas mitgenommen aussehen. Die siebte Etage war hart gewesen, und dreimal hatten sie beschlossen, lieber im Verborgenen zu bleiben oder die Gänge zu umgehen, als gegen ein paar Oger zu kämpfen. Dennoch war die Etage sowohl in Bezug auf Erfahrung als auch auf Manasteine sehr profitabel gewesen. Er reicht ihr die gesammelten Steine und sieht ihr dabei zu, wie sie die Steine zusammenzählt. „Wo ist Liev?"

„Hm ...? Oh, er hat sich den Tag freigenommen." Elsa lächelt ihn an, ihr dunkelblondes Haar verdeckt kurzzeitig ihre Augen. Sie streicht ihr Haar beiseite und lächelt zu dem jungen Abenteurer hoch. Er und seine Catkin-Partnerin waren das Gesprächsthema der Gilde, ihre Fortschritte waren die besten, die die Gilde in den letzten Jahren gesehen hatte. Sie waren sogar schon im siebten Stockwerk! Die meisten Abenteurer, die sich entschieden, den Dungeon zu beenden, saßen mindestens ein Jahr lang im sechsten Stockwerk fest, um so lange an ihren Level zu feilen, bis sie genug Stärke oder Skills erlangt hatten, um den Titanic Crawler zu zerstören.

„Wirklich?" Daniel runzelt die Stirn, Sorge blitzt über sein Gesicht. War der alte Bürokrat krank?

„Mmm ... die meisten Leute arbeiten nicht jeden Tag", sagt Elsa.

„Ja, aber ...“ Daniel weiß nicht, was er darauf erwidern soll, schließlich war Liev jedes Mal hier, wenn er hier war.

Asin schnauft neben ihm, offensichtlich amüsiert. Elsa zeigt nur mit dem Finger auf sie und sagt: „Du bist seine Partnerin. Du bist genauso oft hier wie er.“

„Macht. Mich.“

Elsa schaut das geldgeile Catkin nur an, schließlich war Elsa Asins inoffizielle Betreuerin. Sie war diejenige, zu der Asin kam, wenn sie einen Partner suchte, der genauso hart arbeiten würde wie sie und der ihr ihre Spezies nicht übelnehmen würde. Asin tut so, als würde sie den vielsagenden Blick ihrer Betreuerin nicht bemerken und kratzt sich am Ohr.

Ein leises Husten erinnert Elsa daran, dass sie immer noch nicht ausbezahlt wurden, woraufhin sie sich wieder ihrer Arbeit zuwendet. Manchmal wussten diese jungen Leute wirklich nicht, wann sie aufhören sollten.

# Kapitel 24

Einige Tage nach der nicht ganz so subtilen Andeutung von Elsa steht Daniel vor dem Top, bequem gekleidet in seinem einzigen anderen Paar sauberer, nicht abenteuerlicher Kleidung, und wartet auf Asin. Er seufzt und wünscht sich, sie würde ausnahmsweise mal zu etwas anderem als einem Dungeonausflug pünktlich auftauchen.

Gerade als er das denkt, sieht er sie und Khy'ra zusammen spazieren und freundlich plaudern. Als er seine Überraschung über Asins offensichtliche Gesprächigkeit überwindet, erlebt er eine weitere, als sie nahe genug sind, dass er das Miauen und Knurren hören kann, in dem die beiden sprechen. Er wusste nicht, daß Khy'ra Catkin spricht!

„Khy'ra!" Er gibt ihr einen schnellen Kuss auf die angebotene Wange, schiebt eine Hand um ihre Taille und tastet sie kurz ab. Sie rollt mit den Augen, umarmt ihn aber trotzdem und schmiegt ihren Körper an seinen. „Du hast mir nicht gesagt, dass du kommen würdest."

„Asin kam vor ein paar Tagen in der Klinik vorbei, um mich einzuladen." Khy'ra lächelt und Asin nickt zur Bestätigung. Die Catkin deutet die

Straße hinunter, und das gemischte Trio erntet mehr als nur ein paar flüchtige Blicke. Daniel ignoriert sie jedoch und konzentriert sich auf seine Gefährtinnen.

„Wohin gehen wir?" fragt Daniel bereits das zweite Mal. Vielleicht bekommt er dieses Mal eine richtige Antwort.

„Feier. Anika", antwortet Asin in ihrer gewohnt knappen Art. Daniel rollt mit den Augen und ist plötzlich froh über Khy'ras Anwesenheit. Er wirft einen flehenden Blick auf Khy'ra, die sich mit der Hand durch die Haare fährt, ihre grünen Augen funkeln.

„Es ist die Feier der Beastkin für Anika, ihrer ersten Heldin", sagt Khy'ra. „Ich glaube, heute wäre der 497. Jahrestag der Gründung der Stadt Marloo durch Anika, der erste große Schritt zur Schaffung von Garhwa und damit der ersten Beastkin-Nation."

Daniel kratzt sich am Kopf und seufzt, etwas beschämt über sein mangelndes Wissen. Da er die meiste Zeit in den Minen verbrachte, die von Menschen und gelegentlich von Zwergen geleitet wurden, hatte er wenig Wissen über die anderen Spezies. Es war einfach nie Teil seines Weltbildes gewesen. Zumindest bis jetzt.

Asin führt sie jedoch nicht direkt ins Beastkinviertel, sondern hält zuerst bei einer Metzgerei an. Im Gegensatz zu vielen anderen scheint die Metzgerin mehr als froh zu sein, Asin zu sehen, da Asin eine ihrer regelmäßigsten und besten Kundinnen ist. Die heutige Bestellung war bemerkenswert, selbst für die kleine Fleischfresserin, und Asin zerrt schnell Daniel her, um ihr mit dem großen Sack zu helfen.

„Das Ding muss gut vierzig Kilo wiegen! Was hast du gemacht? Ein ganzes Schwein gekauft?" grummelt Daniel, während er den Sack anhebt. Asins aufmunterndes Nicken lässt ihn wieder aufstöhnen, aber er bleibt stumm, während sie den Spaziergang fortsetzen, wobei sich Khy'ra nun bedauerlicherweise von Daniels Arm löst.

Sie laufen weiter durch die Straßen von Karlak. Khy'ra lächelt wie immer und nickt denjenigen zu, die sie kennt. Die Elfe erntet wie immer mehr als einen bewundernden Blick, obwohl die meisten entweder Asins Anwesenheit ignorieren oder sie besonders aufmerksam beobachten. Nach einer Weile verlässt das Trio die normalen Durchgangsstraßen, die Daniel kennt. Die Straßen werden enger, die Gebäude älter und heruntergekommener, aber immer noch gut gepflegt. Der Übergang ist zunächst schrittweise, aber als sie aus einer anderen Gasse heraustreten, ist es, als würden sie in eine andere Stadt gehen.

Die Straßen sind mit Beastkin aller Art gefüllt, von arroganten Wolfkin bis hin zu den stattlicheren Catkin, mürrischen Jackals, faulen Bärenartigen und mehr. Eine ebenso große Überraschung für Daniel sind jedoch die vielen Farben und Gerüche, die die Straßen prägen. Eine wilde Abwechslung zu den langweiligen Pastellfarben der Menschen sind die leuchtenden Farben, in die die Beastkin ihre Behausungen angestrichen haben: Gelb und Grün und Rot bedecken Wände und Holzverkleidungen und werden sogar auf Dächern verwendet. Zur Feier des Tages ziehen sich rote und weiße Fäden von einer Seite der Gasse zur anderen, darunter hängen handgemalte Schriftrollen, die denkwürdige Szenen darstellen. Essensgerüche und andere

Düfte hängen in der Luft, vermischen sich wild und überfallen Daniels Sinne. Er taumelt und fragt sich, wie die Beastkin mit all dem umgehen können. Selbst seine menschlichen Sinne sind überfordert, wie schaffen sie das nur?

An seiner Seite sehen Asin und Khy'ra amüsiert zu und genießen den Anblick, wie Daniel sich abmüht, mit der Reizüberflutung fertig zu werden. Als er sich schließlich wieder etwas erholt, nimmt Asin ihn an der Hand und zeigt ihm den Weg zu einer Kochstelle, die vor einem Laden eingerichtet wurde, wo er das Schwein ablegen soll.

Es folgt ein knurriges Gespräch zwischen Asin und dem Koch, beide werden immer aufgeregter. Daniel runzelt die Stirn, seine Nackenhaare sträuben sich und er greift unbewusst nach seinem nicht vorhandenen Streitkolben. Khy'ra ergreift seine Hand und zieht ihn näher an sich, um ihm zuzuflüstern: „Ist schon gut, sie streiten sich nur darüber, wie das Fleisch zubereitet werden soll. Beastkin sind untereinander laut."

Daniel schneidet eine Grimasse und seufzt, als er sieht, wie seine normalerweise ruhige Begleiterin in Gebrüll verfällt. Unsicher, was sie tun sollen, stehen die beiden Verliebten da und beobachten die Szenen um sie herum und ignorieren das streitende Paar. Beastkin-Kinder strömen durch die Straßen in einem nicht endenden Spiel des Fangens, wobei sie auf wundersame Weise immer wieder den vielbeschäftigten Erwachsenen ausweichen. Ein großer, schwarzer Catkin, gekleidet in eine grellbunte, gelbe Tunika und eine blütenweiße Hose, schreitet auf das Paar zu, die Hände sind gespreizt und die Pfoten zur Begrüßung gen Himmel gerichtet. Er ist eine Mischung aus menschlichen und Catkin-Zügen, ein katzenartiges Gesicht, aber ohne den übermäßigen Pelz, wie es bei Asin der Fall war. „Khy'ra und Daniel, so muss es sein. Möget ihr an unseren Feuern Sicherheit finden."

Khy'ra imitiert den Handgruß, und nach einem kurzen Moment tut es auch Daniel. Sie spricht ebenfalls die rituelle Antwort: „Ältester Chetan, möge dein Feuer für immer sicher brennen."

Unsicher, ob er die Botschaft wiederholen soll, verfällt Daniel wieder in Schweigen. Der

Älteste Chetan wendet sich dem jungen Abenteurer zu, sein schwarzes Fell sträubt sich amüsiert, bevor er spricht, nur ein leichtes Knurren unterbricht seine Stimme: „Danke, dass du gekommen bist. Und danke, dass du dich um meine Tochter gekümmert hast."

„Tochter ..." Daniel begreift schnell genug und schüttelt den Kopf. „Wir kümmern uns umeinander. Wir sind Partner."

Der Ältere schnauft und fährt fort: „Ja. Es ist gut, dass sie jemanden gefunden hat, der bereit ist, sie zu akzeptieren. Asin hat es nicht leicht gehabt, da sie dem Stammvater nähersteht als viele andere Beastkin."

Daniels verwunderter Blick ermutigt den Ältesten, weiter zu erklären, wobei er zunächst nähertritt, um seine Stimme senken zu können: „Es ist seltsam. In Garhwa würde sie gefeiert werden. Hier, in Brad, streben wir danach, euch Menschen näher zu sein, und sie wird verachtet." Mit hängenden Ohren zuckt der Älteste mit den Schultern. „Ich liebe meine Tochter, aber sie hätte es sich auch einfacher machen können. Sie ist stur und hochmütig, ganz wie ihre Mutter."

Daniel lächelt leicht, denn er hat beide Aspekte seiner Begleiterin mehr als einmal bemerkt. Es konnte manchmal frustrierend sein, mit ihr umzugehen, aber so konnte er auch sein, hatte man ihm gesagt.

„Dennoch ist das nicht der richtige Zeitpunkt für so etwas! Komm, du musst etwas Saboo trinken und tanzen!" Der Älteste klatscht mit den Pfoten und zerrt die beiden davon, wobei er seine Absichten seiner Tochter mit einem Knurren kundtut, die ihn nur abwinkt. Der Streit mit dem hartnäckigen Koch, der Wyxli-Gewürz auf ihrem Schwein verwenden will, musste beendet werden. *Wyxli-Gewürz! Jeder wusste, dass man Jylinblätter und geknacktes Esper-Gewürz verwendet, um den besten Geschmack beim Schweinebraten zu bekommen.*

Die folgenden Stunden vergehen wie im Flug mit Gelächter und Unterhaltung, und der Älteste ist froh, Gastgeber für die beiden Gäste zu sein. Im Laufe des Tages stellt Daniel fest, dass seine und Khy'ras Anwesenheit eine bemerkenswerte Ausnahme sind, denn die Beastkin haben das ganze Viertel für sich allein. Das heißt, abgesehen von einem lauten und ungestümen Tharuk, der sich mit einem Bären ein Wetttrinken liefert, dem keiner von beiden nachzugeben bereit zu sein scheint. Den ganzen Tag über bekommt Daniel ununterbrochen Essen und Trinken in die Hand gedrückt, Fleisch verschiedener Art, sodass sogar seine eigene fleischfressende Natur mehr als gesättigt wird.

Nur einmal ist es still, als die Sonne ihren Zenit erreicht. Die Beastkin halten inne, starren in den Himmel, die Stille hält minutenlang an. Zuerst ist das Knurren zu leise, als dass Daniel es hören könnte, obwohl er es in seinen Knochen spüren kann. Die Stimmen der versammelten Beastkin umgeben ihn. Langsam wird es lauter und lauter, das Knurren löst sich in ein animalisches Lied auf, das an einem tief verborgenen Teil in ihm zerrt. Als das Lied zu Ende ist, atmet Daniel schwer wie nach einem langen Lauf, sein Gesicht ist gerötet und seine Augen funkeln. Ein Blick auf Khy'ra zeigt, dass auch die Elfenschönheit den Effekt spürt, der glitzernde Blick, den sie ihm zuwirft, lässt ihn kurz überlegen, ob er nicht irgendwo einen leeren Raum finden kann.

Asin stößt kurz nach der Zeremonie zu ihnen und schleppt Daniel in eine nahe gelegene Lagerhalle, in der eine kleine Arena aufgebaut ist. Dort fordern sich die Beastkin gegenseitig in verschiedenen athletischen Disziplinen heraus. Einmal wird sogar Daniel in die Mitte geschleppt, um beim Kraftakt mitzumachen, obwohl er von den massigen Bären- und Büffel-Beastkin, die den Großteil der Teilnehmer ausmachen, schnell übermannt wird. Es ist Khy'ra, die sich als die Überraschung erweist, indem sie lachend tanzt und Bänder im Spiel des Fangens und der Beweglichkeit stiehlt, welches die Catkin und Schlangen sonst dominieren. Schließlich wird auch sie gefangen, aber viele der Beastkin beäugen die Elfe mit neuem Respekt.

Während einer kurzen Ruhe am Abend gelingt es Daniel endlich, die Frage zu stellen, die ihn schon den ganzen Tag beschäftigt: „Asin ist sehr gesprächig, nicht wahr?"

„Ja, das ist sie", antwortet Khy'ra.

„Warum redet sie dann nicht mit mir?" Daniel grummelt.

„Redest du mit ihr auf Beastkin?"

„Nein ...“ Daniel runzelt die Stirn. „Sie scheint mich gut zu verstehen ...“

„Ja, mein Lieber“, seufzt Khy'ra und berührt seinen Hals und dann ihren. „Jetzt schau sie dir an.“

Daniel tut, was sie sagt, schaut endlich hin und blinzelt dann langsam, beschämt: „Sie hat Schwierigkeiten beim Sprechen, nicht wahr?“

„In Brad? Ja.“

Dann verstummt Daniel und kaut abwesend auf dem Rippchen, das ihm gereicht wird. Er hält inne, zieht eine Grimasse und stellt das Essen wieder hin. Viel zu viel Essen. Khy'ra stößt seine Schulter mit ihrer, und er begegnet ihren Augen, als sie nur leicht den Kopf schüttelt. Als er die Botschaft verstanden hat, konzentriert er sich darauf, Spaß zu haben. Jetzt ist nicht die Zeit für solche Gedanken. Lächelnd streckt er eine Hand aus, und Khy'ra nimmt sie und lässt sich mit einem Lachen wieder auf die Tanzfläche ziehen.

# Kapitel 25

„Da bist du ja!" Lievs plötzliches Auftauchen lässt die beiden Abenteurer erschrocken aufspringen, Asin schafft es auf halber Höhe an die nächstgelegene Wand, während Daniel mit erhobenem Schild in die Hocke geht. Dann blinzeln beide, schließlich sind sie beide im siebten Stock und arbeiten sich durch ein paar Oger, und Liev war noch nie in der Nähe des Dungeons gesichtet worden. „Nehmt meine Hand."

Daniel runzelt die Stirn, und Liev seufzt. Er fragt nicht weiter nach und streckt die Hand aus, um seine und Asins Arm in kurzer Zeit zu ergreifen. Ein Stromstoß bringt die beiden aus dem Dungeon heraus, direkt in einen Raum, den keiner der beiden zuvor gesehen hat. Die beiden Abenteurer schauen sich verwundert um, ein Fenster zum Außenraum zeigt an, dass sie sich in der Gilde befinden.

„Wie ...?" Daniel blickt sich verwundert um.

„Gruppenteleport. Das ist eine Abenteurer-Fähigkeit Level 50", erklärt Liev, während er eine Geste zu Daniel macht. „Komm, du wirst gebraucht."

Daniel folgt automatisch, bleibt dann aber kurz stehen. Liev deutet auf Asin, die sich ebenfalls auf den Weg gemacht hat. „Deine Anwesenheit ist nicht hilfreich, meine Liebe. Wir gehen zum Champion. Und sieh mich nicht so an, Daniel, wir brauchen deine Gabe."

Daniel wischt sich den mürrischen Blick aus dem Gesicht, zieht eine Grimasse und folgt dem zügig laufenden Wächter. Er runzelt nachdenklich die Stirn, denn er ist überrascht, dass Liev ein hochrangiger Abenteurer war, oder vielleicht immer noch ist. Liev hatte sicherlich nicht die Statur eines Kämpfers. Tatsächlich bringt der Gedanke, dass Liev ein Schwert in der Hand hält, Daniel innerlich zum Kichern, vor allem weil der bücherscheue und anspruchsvolle rothaarige ältere Herr nichts von Daniels Belustigung weiß.

„Der Champion und seine Gruppe wurden überfallen. Die meisten starben bei dem Angriff, und der Champion selbst ist schwer verletzt. Wir brauchen dich, um ihn zu heilen, Daniel", sagt Liev.

„Ähm ..." Daniels anfängliche Belustigung wird von Lievs Worten weggewischt, während er sich darum bemüht, geistig mitzukommen.

Liev dreht sich zu Daniel um und spricht mit Nachdruck: „Junger Mann, ich verstehe deine Position. Ich bewundere sie fast. Dies ist jedoch weder der richtige Zeitpunkt noch der richtige Ort. Die Orks haben keinen Überfalltrupp geschickt, sondern eine Kriegspartei. Über dreihundert Orks wüten in diesem Moment durch die Provinz, und dieser Mann ist, trotz all seiner widerwärtigen Ansichten, die mächtigste Waffe, die wir haben. Falls. Er. Überlebt."

Daniel schluckt schwer, der Gedanke an dreihundert Orks, die das Land verwüsteten, war genug, um ihn zu zwingen, alle persönlichen Gefühle beiseite zu schieben. Obwohl er kein Heiler war, verstand er ihren Eid – alle zu behandeln, die es brauchten, ungeachtet ihrer persönlichen Gefühle. Daniel nickt entschlossen, und schweigend eilen die beiden zu der Kaserne, in der der verletzte Champion liegt.

Der Anblick, der Daniel begrüßt, als er eintritt, lässt ihn erblassen. Der Champion, einst eine überlebensgroße Erscheinung, ist schwer verletzt, mehrere offene Wunden ziehen sich über seine Brust und Gliedmaßen. Am gefährlichsten ist der entstellte Schädel — übermäßiger Druck und zertrümmerte Knochen lassen ihn hervorstehen. Einen Moment lang kann Daniel nur starren, bevor er tief und zitternd einatmet.

Eine Hand berührt Daniels, hält ihn fest und er bemerkt zum ersten Mal die Anwesenheit von anderen im Raum. Den Hauptmann der Wache kennt er vom Sehen, Khy'ra natürlich, aber die anderen drei sind ihm unbekannt. Der erste scheint ein weiterer Heiler zu sein, so wie er sich um die Wunden des Champions kümmert, aber wer die anderen beiden sind, kann er nicht erraten. Einer ist ein korpulenter Mann mit Bart, die andere eine Frau mit einer dicken Goldkette um den Hals. Die Kette gibt ihm endlich Aufschluss über sie — es war das Siegel der Händlergilde darauf zu sehen. Khy'ra drückt wieder seine Hand und lenkt seine Aufmerksamkeit zurück auf sie.

„Kannst du ihn heilen?"

Daniel nickt stumm, ein Teil von ihm schätzt bereits den Schaden ab und was er tun muss. Der größere Teil seines Verstandes schreckt jedoch vor den Kosten der Heilung zurück, die alles in den Schatten stellen würden, was er seit Jahren getan hat. Nur einmal zuvor hatte er etwas so Mächtiges versucht, und in diesem Fall war er letztendlich gescheitert. Keine Gabe konnte gegen den Zahn der Zeit gewinnen.

„Daniel", Khy'ra sucht den Blick ihres Geliebten, Sorge liegt in ihrer Stimme. „Was ist los?"

„Meine Gabe ..." er kämpft gegen seine irrationale Angst, es ihnen zu sagen, die Angst, dass sie ihn ausnutzen werden, was sie von ihm verlangen, ihm aufzwingen werden. Seine Hand, die mit ihrer verschlungen ist, beginnt heftig zu zittern.

„Gibt es ein Problem?", spricht der korpulente Mensch herrisch und zeigt auf ihn. „Heile ihn, Abenteurer. Ich werde nicht zulassen, dass der Champion des Barons in meiner Stadt stirbt!"

Khy'ra wendet sich dem Mann zu und wirft ihm einen Blick zu, der töten würde, wenn er könnte. Liev schreitet ein und hält eine Hand hoch: „Mein Herr Bürgermeister, dieser Raum ist für Nicht-Heiler nicht mehr geeignet. Ich glaube, wir sollten uns zurückziehen."

„Ich bin der Bürgermeister!" Schnippisch setzt sich der korpulente Mann in Bewegung, als sich die Frau zu ihm beugt und ihm ins Ohr flüstert. Er grunzt und stapft schließlich hinaus, dicht gefolgt von der Frau und Liev. Kurz bevor sie geht, wirft sie noch einen prüfenden Blick auf den blassen Daniel, bevor sie sich abwendet. Der Heiler geht nach einem Blick auf Khy'ra in eine Ecke, um den beiden Platz zu machen.

„Daniel, sprich mit mir. Bitte ..." Khy'ra fleht ihn an, hält ihre beiden Hände hoch und drückt ihm einen Kuss auf die Nasenspitze.

Daniel holt tief und zitternd Luft und flüstert dann leise: „Wenn ich meine Gabe benutze, verliere ich ein Stück von mir selbst. Einen Teil von dem, was ich gelernt habe, einen Teil meiner Erinnerungen, einen Teil meiner Fähigkeiten und etwas von meiner Energie. Die Gabe, sie nimmt mir diese Dinge, wenn ich sie benutze. Normalerweise ist es nicht viel, nur ein paar Minuten hier oder da, manchmal eine Stunde oder zwei. Aber das hier ...“ Er zittert wieder und umklammert ihre Hand: „Ich könnte viel mehr verlieren.“

Khy'ras Augen weiten sich, sie erinnert sich an all die Male, als sie ihn fröhlich bat, ihr in der Klinik zu helfen, all die Male, als er danach ein wenig vergesslich oder langsam wirkte. All die Male, als er ohne Protest zustimmte, obwohl er hätte nein sagen sollen: „Du ... du ... Idiot!“

„Ja.“ Sein Geheimnis ist gelüftet, er scheint sich ein wenig zu entspannen. „Das muss passieren, nicht wahr?“

Mit zusammengekniffenen Lippen nickt Khy'ra: „Ja, das muss es. Der Champion ist ebenfalls begabt. Wenn er in der Lage ist, seine Gabe zu nutzen, kann nur ein Meistermagier oder ein anderer mit einer Gabe ihn auf dem Schlachtfeld herausfordern.“

Daniel lässt ihre Hände los und geht an ihr vorbei, um seine Hände auf den mit dem Tod ringenden Champion zu legen. Fast klagend sagt er, während er seine Gabe in den Mann stößt:

„Könnte er nicht wenigstens ein bisschen netter sein?"

Khy'ra beobachtet einen Moment lang, wie Daniel damit beginnt, dann dreht sie sich um und gibt dem anderen Heiler ein Zeichen, die beiden im Auge zu behalten. Sie muss an einem anderen Ort sein; es gibt einiges zu besprechen. Wenn das, was Daniel befürchtet, wahr ist, wird er viel dabei verlieren, und sie will sicherstellen, dass er dafür gut entschädigt wird.

Fokussiert verpasst Daniel das, was nebenbei passiert. Seine Gabe verrät ihm alle Details, die er braucht – die durchstochene Lunge, die zerfetzten Eingeweide, den gebrochenen Schädel und den immer größer werdenden Druck im Kopf, der durch andere Methoden kaum zu lindern ist. Ein normaler Mensch wäre schon längst tot, nur die verblüffende Gesundheit des Champions und die Magie, die an ihm angewendet wird, halten ihn am Leben. Doch seine Gesundheit sinkt mit jedem Atemzug; ohne weitere Heilung wird er nicht lange durchhalten.

Nachdem er den Schaden eingeschätzt hat, beginnt Daniel mit der Reparatur. Er stopft zuerst die gefährlichsten Wunden, heilt und senkt den Druck im Schädel des Champions, während sich die Knochen unter der Haut wieder an ihre richtigen Stellen verschieben. Jeder Energieimpuls zieht eine weitere Erinnerung, einen weiteren Schauer durch seinen Körper, während seine Gabe ihn von kürzlich erlernten Fähigkeiten, von Muskeln und seinem Gedächtnis befreit. Die Gabe ist ein gefühlloser Aufseher, der sowohl angenehme als auch unangenehme Erinnerungen entfernt, ohne sich um deren Ursprung zu kümmern. Die Gesundheit des Champions arbeitet jetzt gegen Daniel, Muskeln und Organe, die bei einem anderen Wesen geschmeidig und leicht zu heilen wären, erfordern mehr Energie, mehr Zeit, mehr Erfahrung als bei jedem früheren Patienten.

Was sich wie Stunden anfühlt, aber kaum die Hälfte ist, vergeht, bevor Daniel seine Sinne wieder zu sich zieht. Er stolpert und lässt sich nachdenklich in einen Stuhl zurückfallen, als der rasselnde Atem des Champions nachlässt. Die Wunden des Champions sind größtenteils verheilt und er fügt sich nicht mehr mit jedem Atemzug Verletzungen zu. Prellungen und einige Schnittwunden sind immer noch auf dessen Körper zu sehen, aber Daniel weiß, dass er nicht mehr in Gefahr ist. Normale magische Heilung oder einfach Zeit werden den Rest erledigen.

***Level verloren!***
*Du bist jetzt ein Abenteurer Level 4*
*Attributpunkte verloren*

*Das hätte schlimmer kommen können ...* Daniel starrt auf den kleinen Splitter Erfahrung, der ihm geblieben ist und ihn davor bewahrt, noch eine weitere Stufe zu fallen, und stöhnt. So viel Erfahrung; so viel verlorene Zeit. Monate harter Arbeit, die ihm genommen wurden, seine Erinnerungen an die letzten Dungeon-Erkundungen und Kämpfe sind weg. Sein Körper schmerzt von der Anwendung seiner Gabe, seine Nerven und Muskeln fühlen sich wund an. Doch die Arbeit ist noch nicht getan, und so zwingt er sich, sich aufzurichten, legt seine Hand auf die Brust des Champions und ruft seinen Heilzauber auf. Er war so nah dran, die Option zu bekommen, eine Mäßige Heilung zu erlernen, wenn er das nächste Mal die Befähigung erhält, so nah dran, mehr zu werden, als er vorher war. Wieder einmal wurde er von seiner Gabe heruntergezogen, und er kann nicht anders, als ein Aufflackern von Groll zu spüren. Er unterdrückt das Gefühl und konzentriert sich darauf, sein Mana zu verwenden, um den Job zu beenden. Später. Später wird er sich damit befassen.

Als das letzte Mana aus ihm herausgezogen ist, wendet sich Daniel von ihm ab, um zu gehen. Sie können sich um den Rest kümmern. Alles, was er will, ist Ruhe. Als er zur Seite tritt, ergreift ein eiserner Griff seinen Arm.

„Du hast mich geheilt", grummelt der nun wieder wache Champion.

„Ja", sagt Daniel und zerrt an seinem Arm. Der Champion lässt ihn los und starrt den Jungen an, der es vor Tagen wagte, ihm zu trotzen.

„Warum?"

„Es war nötig", beginnt Daniel und verstummt.

„Und der Preis dafür?" Daniel hört die Betonung in seiner Stimme; er versteht, was der

Champion fragt. Ein anderer, der von Geburt an mit einer Gabe verflucht oder gesegnet ist, versteht nur zu gut den Preis, der damit verbunden ist. Es war keine einfache Sache, egal was die anderen dachten. Die eigene Gabe des Champions erlaubte es ihm, jeden Angriff zu ignorieren, wenn er sie nutzte, aber der Preis dafür wurde Tage später mit Schmerzen bezahlt. Je länger die Gabe aktiviert war, desto schlimmer und länger war der Schmerz, den sie ihm zufügte. Die Bezahlung konnte aufgeschoben werden, aber nicht auf unbestimmte Zeit.

Daniel schüttelt den Kopf und weigert sich zu antworten. Er ist diesem Mann keine Antwort schuldig. Er ist ihm nichts mehr schuldig. Seine Pflicht ist getan, Daniel will jetzt nur noch in Ruhe gelassen werden, und so zerrt er wieder an seinem Arm, der Champion lässt ihn schließlich los. Daniel geht weg und überlässt ihn in der Obhut des Heilers. Hinter ihm knurrt der Champion, verärgert darüber, dass er wieder einmal so beiläufig abgewiesen wurde. *Verdammt sei das Kind!*

***

Während Daniel sich in einem anderen Raum aufhält, findet ein größerer und intensiverer Streit nebenan statt. In dem Raum streiten sich der Bürgermeister, die Meisterin der Handelsgilde und Khy'ra darüber, wie hoch Daniels Honorar für die Heilung sein soll. Liev schaut zu und ergreift nicht direkt Partei in dem Streit, obwohl er unterschwellig hilft, indem er auf die Seltenheit und Exklusivität von Daniels Gabe hinweist.

Erst als der Heiler der Garde eintrifft, um die erfolgreiche Wiederherstellung des Champions zu verkünden, endet der Streit. Wie bei allen guten Verhandlungen geht keine Partei alleine glücklich aus der Sache hervor, aber Khy'ra ist zumindest einigermaßen zufrieden. Wenn Daniel sich schon nicht selbst wertschätzte, dann würde sie dafür sorgen.

Als er allein in seinem Zimmer im Top ist, ruft Daniel seinen Statusbildschirm auf, um zu sehen, wie viel er im Detail verloren hat.

Name: Daniel Chai

Klasse: Abenteurer Level 4 (2%)

Unter-Klassen: Level 7 (Bergmann) (14%)

Mensch (Männlich)


Statistik

Leben: 201

Ausdauer: 201

Mana: 152


Attribute

Kraft: 18

Beweglichkeit: 19

Konstitution: 26

Intelligenz: 16

Willenskraft: 18

Glück: 13


Skills:

Waffenloser Kampf: Level 3 (01/100)

Keulen: Level 8 (14/100)

Schild: Level 6 (28/100)

Ausweichen: Level 4 (36/100)

Kampf-Sinn: Level 5 (48/100)

Wahrnehmung: Level 5 (36/100)

Bergbau: Level 7 (78/100)

Heilung: Level 8 (17/100)

Kräuterkunde: Level 3 (31/100)

Schleichen: Level 2 (14/100)

Kochen: Level 2 (37/100)

Singen: Level 2 (14/100)


Skill Fertigkeit

Doppelter Schlag

Schild-Schlag

Kartierung (II)


Zaubersprüche

Geringfügige Heilung (I)


Gaben

Berührung des Märtyrers - Der Zaubernde kann sich selbst oder andere durch Berührung und Konzentration heilen und opfert dafür einen Teil seines Lebens. Die Kosten variieren je nach dem Ausmaß der geheilten Verletzungen.

# Kapitel 26

„Asin, wir müssen heute die fünfte Etage erledigen", verkündet Daniel seiner Freundin am nächsten Tag. Sie lässt den Edelstein los, der sie nach unten bringen würde, und legt den Kopf schief, während sie Daniel näher betrachtet. Er schien heute schwächer zu sein – vielleicht hatte ihn seine Heilung mehr ausgelaugt, als sie dachte. Sie schnaubt leicht verärgert, berührt aber den Edelstein für das fünfte Stockwerk.

Erleichtert, dass sie nicht weiter nachfragt, folgt Daniel seiner Freundin nach unten. Es ist an der Zeit, zu sehen, wie viel er verloren hat. Drei Nester später lässt Daniel seinen Frust an einem einzelnen Crawler aus, dem sie begegnet sind, und schlägt immer wieder mit seinem Streitkolben auf ihn ein. So viel verloren. Er ist einen Schritt langsamer, ein Schlag daneben, und obwohl er das Gefühl hat, dass er schneller sein sollte, ist er es nicht, und er weiß warum.

Hinter ihm sieht Asin mit tiefer Sorge zu. Daniels normalerweise ruhiger, leicht amüsierter, aber völlig engagierter Abenteuermodus ist verschwunden und wurde durch einen mürrischen Ball aus Wut und Ärger ersetzt. Andererseits, als Daniel den Crawler wegkickt und zur nächsten Höhle weiterzieht, macht er heute Qualität mit Quantität wett. Asin schnappt sich den Manastein, um mit ihrem Freund Schritt zu halten und um sicherzustellen, dass er nicht in irgendwelche Fallen läuft. Wenn Daniel so weitermacht, wird sie ein Fass mit Wasser finden und ihn darin versenken. Bis dahin ist sie damit zufrieden, dass er seine Gefühle an den Crawlern auslässt.

In einem Raum weit über dem Dungeon arbeiten die Anführer der Stadt Karlak neue Pläne aus, um mit der randalierenden Ork-Kriegspartei fertig zu werden.

***

„Daniel, auf ein Wort?" Liev wartet auf sie, als sie endlich aus dem Dungeon auftauchen. Daniel nickt und geht zur Seite, um Asin den Verkauf ihrer Manasteine und der restlichen Beute zu überlassen.

„Erstens, danke." Liev hält jedoch nicht inne, da er weiß, dass der junge Abenteurer sich mit Danksagungen unwohl fühlt: „Zweitens, es gab eine allgemeine Anfrage nach Abenteurern, die sich aufgrund der Kriegspartei als

Hilfstruppen der Armee anschließen. Ich habe mir die Freiheit genommen, dich und Asin zu Maximillians Team als Nahkämpfer zuzuweisen. Ich glaube, dort werden eure besonderen Fähigkeiten am nützlichsten sein."

Daniel runzelt die Stirn, und Liev seufzt. „Dadurch wird sichergestellt, dass du nicht als Heiler eingezogen wirst, wenn die Zahl der Freiwilligen nicht ausreicht. Außerdem wird es eine gute Erfahrung für dich sein, junger Mann. Brad muss kein großes Heer unterhalten, weil es sich auf seine Abenteurer verlässt, die bei Bedarf zusätzliche Truppen stellen. Wenn du vorhast, als Abenteurer voranzukommen, wirst du feststellen, dass solche Anfragen immer häufiger werden. Dieses spezielle Ereignis ist so sicher wie jede allgemeine, von der Armee gesponserte Anfrage."

„Ja, Sir", stimmt Daniel schließlich zu. Er ist sich immer noch nicht sicher, ob der Eintritt in die Armee eine gute Option für ihn ist, aber wenn Liev der Meinung ist, dass es das Richtige ist, würde er der Bitte des Mannes nachkommen. Der Wärter hatte ihn noch nie in die Irre geführt.

„Letztendlich wirst du in kurzer Zeit sehr beliebt bei deinen Kollegen sein. Nach dem gestrigen Vorfall hat sich deine Gabe bei ihnen endlich herumgesprochen." Liev zögert und schweigt, lässt jeden weiteren Ratschlag unausgesprochen. Wahrhaftig, Liev hat so viel getan, wie er konnte. Den jungen Mann unter dem wachsamen Auge eines Freundes aus der Stadt zu bringen, sorgte dafür, dass diejenigen, die ihn nur wegen seiner Gabe benutzen wollten, keine Möglichkeit dazu hatten, zumindest für eine kurze Zeit. In der Zwischenzeit würden er und Khy'ra daran arbeiten, seine Rückkehr so unproblematisch wie möglich zu gestalten.

Da sich kein weiteres Gesprächsthema auftut, verabschiedet sich Daniel von Liev und kehrt zu Asin zurück. Er informiert sie schnell über ihre neue Aufgabe, worauf sie antwortet: „Bezahlung?"

Daniel hält inne und merkt, dass er das nie gefragt hat. Asin gibt ein verärgertes Schnaufen von sich und läuft zurück, um direkt mit Liev zu sprechen, wobei sie die ganze Zeit darüber murrt, wie glücklich Daniel sei, dass er eine so gute Ablenkung für sie sei. Daniel sucht sich eine bequeme Ecke und lässt sich nieder, um zu warten, da er weiß, dass Asin sich mehr als nur um die Dinge für sie beide kümmern wird. Er hatte den Tag damit verbracht, zu kämpfen, von einem Nest zum nächsten zu gehen, und jetzt war er ausgelaugt, all seine Wut und sein Bedauern zerschmettert wie die Crawler, die er vernichtet hatte. Als Asin fertig ist und ihn mit den Details ihrer Bezahlung versorgt hat, bedankt er sich bei ihr, und sie trennen sich – Asin, um einen Abend mit der Familie zu verbringen, und Daniel, um zum Top zu laufen.

Oben angekommen, ist Daniel erschrocken, als er Khy'ra sieht, die auf ihn wartet und sich freundlich mit Elise unterhält. Khy'ra schickt ein Lächeln in seine Richtung und geht hinüber, um ihn zu küssen, bevor sie die Nase über seinen Geruch rümpft.

„Ich dachte an ein Abendessen, aber ich denke, ein Bad wäre besser", sagt Khy'ra und deutet nach oben. „Beeil dich. Ich warte."

Daniel nickt stumm und beschließt, dass es am besten ist, mit dem Strom zu schwimmen. Er brauchte schließlich ein Bad, oder zumindest eine Dusche. Ein kurzer Abstecher nach oben, um ein Stück Seife und Kleidung zum Wechseln zu holen, ist alles, was er braucht, bevor er zurückkehrt, wobei Khy'ra seinen Arm nimmt, als sie sich von Elise verabschieden.

Der Weg in den Baderaum ist kurz und angenehm, die beiden tauschen sich schnell über ihre Aktivitäten des Tages aus.

„ ... dann kommt Leon rein, mit diesem Widerhaken im Fuß, etwa zwei Zentimeter ragt er heraus. Und er sitzt bluttriefend im Wartezimmer, und jedes Mal, wenn wir ihn reinholen wollen, schickt er einen anderen Patienten rein!" Khy'ra fährt fort und schüttelt den Kopf. „Am Ende musste ich die verdammte Operation genau dort im Raum durchführen und ihn vor allen Leuten behandeln. Das große Baby hatte solche Angst davor, den Haken zu entfernen, dass er fast an Blutverlust gestorben wäre!"

Daniel lacht über ihre Worte und hält Khy'ra die Tür auf, als sie das Badehaus betreten. Mit geübten Händen legt sie jeweils eine Silbermünze für ihren persönlichen Gebrauch ein, und dann legt Khy'ra weitere drei Silberstücke ein, um ihnen ein Privatzimmer zu besorgen. Als Daniel protestieren will, wird er durch Khy'ras glühenden Blick zum Schweigen gebracht.

Ein albernes Grinsen huscht über sein Gesicht, als sie reingehen. Zuerst gehen sie in die Umkleidekabinen ihrer jeweiligen Geschlechter, bevor sie sich auf den Weg in den markierten Privatraum machen. Daniel ist überrascht, dass Khy'ra zuerst drin ist und sich in der runden Holzbadewanne räkelt, die groß genug ist, um vier Personen darin unterzubringen. Dampf steigt aus dem heißen Wasser auf, ein paar kleine Schöpfkellen und sogar Seife sind für ihren Gebrauch bereitgelegt. Als er sich der Wanne nähert, stellt er fest, dass sie unter dem Wasser nackt ist.

„Hmm ... ich hatte keine Wechselkleidung mitgebracht", sagt sie als Antwort auf seinen Blick.

Daniel grinst und rutscht zu ihr hinein. Bevor er sich bewegen kann, um einen Kuss zu bekommen, zeigt sie auf die Seife, und er seufzt und beginnt sich zu schrubben. Als er sich den Rücken säubern will, nimmt sie die Seife aus seiner Hand und schrubbt seinen Rücken.

„Liev hat mir erzählt, dass du morgen zur Armee gehst", sagt Khy'ra.

„Ja, er hat gesagt, es sei gut für mich. Ich habe es nie wirklich in Betracht gezogen, weißt du", sagt Daniel.

„Liev ist etwas traditionell in seiner Denkweise. Nicht alle Abenteurer nehmen so viel an den Quests der Armee teil, wie er es getan hat, oder denkt, dass die meisten es tun sollten. Ich selbst habe das selten getan", sagt Khy'ra, lächelt und klopft ihm auf den Rücken, bevor sie ihn sanft zurückstößt.

Daniel dreht sich um und duckt sich unter das Wasser, um den letzten Rest Seife aus seinen Augen zu bekommen, bevor er sich zurücklehnt und die Wärme genießt, die seine Muskeln sofort entspannt: „Oh! Das ist schön ..."

Lächelnd, während sie ihn beobachtet, seufzt Khy'ra und schwimmt hinüber, gleitet zwischen seine Beine lässt sich auf seinem Schoß nieder. Als er die Augen öffnet, legt sie einen Finger an seine Lippen und murmelt: „Daniel, konzentriere dich. Ich wollte dir etwas sagen. Du musst vorsichtig sein mit den Quests, die du annimmst. Die meisten sind, nun ja, normal, aber einige könnten dir nicht gut bekommen. Armee-Quests sind nicht wie deine normalen Quests – du kannst nicht eine annehmen und sie dann verlassen, nur weil du nicht magst, wie sie abläuft oder die Informationen nicht vollständig waren. Man muss Armee-Quests zu Ende bringen oder sich ihrer Zensur stellen."

Daniel hält inne, starrt ihr in die Augen und nickt dann langsam: „Okay. Ich werde vorsichtig sein."

Khy'ra lächelt und küsst ihn dann, bevor sie murmelt. „Gut, jetzt haben wir diesen Raum noch eine Stunde lang. Lass uns das Beste daraus machen."

***

Am nächsten Morgen brechen Asin und Daniel auf, um sich mit der Armee auf den freien Feldern nördlich von Karlak zu treffen. Die ersten Divisionen haben sich bereits versammelt, ihr Versorgungszug zieht hinter ihnen her. Im Gegensatz zur geordneten Aufstellung der Armeedivisionen tummeln sich die Abenteurer in losen Gruppen, einzelne brechen gelegentlich aus der Formation aus, um sich mit anderen Gruppen zu unterhalten.

Die beiden Freunde schauen sich um und fühlen sich etwas fehl am Platz. Es sind nur wenige Beastkin in der Gruppe, die sich in kleinen Gruppen zusammenrotten. Zum ersten Mal wird Daniel bewusst, wie wenig Interaktion er mit der allgemeinen Abenteurer-Bevölkerung der Stadt Karlak hatte. Selbst von den Stammgästen, die er im Top sieht, bekommt er oft kaum mehr als ein Nicken. Seine eigene Freizeit wurde meist von Khy'ra, der Klinik oder dem Training in Anspruch genommen, und gelegentlich ging er mit den Wächtern einen trinken. Anders als die meisten Abenteurer bestand sein sozialer Kreis aus den Bewohnern der Stadt.

Als die beiden unbeholfen herumstehen, kommt ein großer, blonder Schwertkämpfer in Plattenrüstung auf sie zu. Er lächelt, als er sich nähert, und zeigt seine perfekten Zähne auf einem gemeißelten Kiefer, Daniel spürt einen plötzlichen Anflug von Eifersucht. „Daniel? Asin?"

Der Schwertkämpfer erhält von beiden eine kurze Bestätigung und reicht ihnen die Hand: „Maximillian. Ihr werdet in meiner Gruppe sein."

Daniel schüttelt sie, beeindruckt von der lässigen Kraft, die er beim Händedruck spürt. Offensichtlich waren all diese Muskeln nicht nur zur Schau gestellt. Asin grüßt ebenfalls und beäugt die Umgebung mit unbeeindruckter Mine.

„Kommt mit; ich stelle euch den Rest der Gruppe vor." Maximillian führt sie durch die Menge, er nickt und grüßt, während er durch die Menge geht, die Anwesenheit des Mannes ist offensichtlich gut bekannt. Es dauert eine Weile, bis sie sich zu ihrer eigenen Gruppe durchgeschlängelt haben, denn es sind bereits fast hundert Abenteurer versammelt. Daniel ist ziemlich beeindruckt, er hätte nie gedacht, dass es so viele in der Stadt gibt. Die meisten sind wie er mit unterschiedlichem Schutz aus Rüstung und Waffen bestehend ausgestattet, die große Mehrheit sind Nahkämpfer. Nur ein kleiner Teil scheint eine sichtbare Fernkampfwaffe zu tragen, und von denen scheinen Armbrüste die beliebteste Option zu sein.

„Daniel, Asin, das sind Kilroy und Mia. Mia ist eine Waldläuferin und unsere wichtigste Fernkampfwaffenhändlerin. Kilroy ist, nun ja. Kilroy ist Kilroy", sagt Maxmillian. „Hast du schon mal mit einer Armbrust geschossen, Daniel?"

Daniel schüttelt den Kopf und blickt auf die Waffe, die Max ihm hinhält.

„Kein Problem. Wir werden uns auf den Weg und dich damit vertraut machen. Sie ist im Vergleich zum Bogen einfach, also solltest du sie leicht erlernen können. Wir werden alle eine Fernkampfwaffe benutzen, mit Ausnahme von Asin aus offensichtlichen Gründen, und die Armbrüste und Mias Bogen werden unsere erste Angriffslinie sein."

Daniel nickt, hebt die Armbrust und folgt ihm. Er äußert jedoch zunächst ein Zögern: „Müssen wir uns nicht der Armee anschließen?"

„Das ist im Moment nicht nötig. Sie werden ewig brauchen, um sich in Bewegung zu setzen, und wir werden sie einholen, sobald wir mit dem Training fertig sind“, sagt Maximillian und gestikuliert, um seine Worte zu betonen.

***

Daniel wiederholt in seinem Kopf leise die Anweisungen, die ihm gegeben wurden – ausatmen, daran denken, sich dem Wind und dem Gefälle anzupassen, sanft am Abzug ziehen – er fühlt den Ruck, als sich der Armbrustbolzen löst und zum Ziel fliegt. Mit angehaltenem Atem sieht er zu, wie der Pfeil durch die Luft fliegt und erneut das Ziel verfehlt, dieses Mal um 5 Meter.

„Ich glaube, du wirst immer schlechter“, sagt Maximillian voller Ehrfurcht.

„Schlechter“, gluckst Asin, bevor sie sich wieder um ihre Pfoten kümmert.

„Tut mir leid“, seufzt Daniel niedergeschlagen. Er greift nach einem weiteren Bolzen und merkt, dass er sie alle verschossen hat. Ein Blick zur Seite zeigt, dass die anderen vorerst fertig sind, also ruft er, dass er die Bolzen zurückholen will und beeilt sich damit. Vier Stunden Training und er hat es nicht ein einziges

Mal geschafft, den Stumpf in knapp 20 Metern Entfernung zu treffen.

Als er zurückkommt, schüttelt Maximillian den Kopf, während Daniel beginnt, die Armbrust zu laden. „Keine Zeit, wir müssen jetzt los. Wir werden dich die Armbrust tragen lassen und stattdessen für Killroy nachladen."

Daniel schaut weg, Scham erfüllt ihn. Eine Hand klopft ihm auf die Schulter, Maximillian wartet, bis Daniel aufschaut, bevor er wieder spricht: „Es ist okay. Nicht jeder kann in allem gut sein. Und jetzt komm, wir haben noch eine kleine Wanderung vor uns, bevor wir eingeholt werden."

# Kapitel 27

„Ist das alles, was die tun?", brummt Daniel und schleicht hinter der Armee her. Er würde gerne die Landschaft genießen, aber da die Abenteurer sowohl hinter der Armee als auch hinter dem Versorgungszug festsitzen, besteht das meiste, was er zu sehen bekommt, aus Staubwolken und den Misthaufen, um die er herumlaufen muss.

„So ziemlich", kichert Maximillian, der selbst nach einem Tag und einer Nacht dieser Art völlig entspannt zu sein scheint. „Bei der Armee zu sein ist meistens eine Menge Langeweile, unterbrochen von ein paar Stunden oder Minuten der Aufregung."

„Wenigstens bekommen wir dadurch Erfahrung", grummelt Daniel und winkt mit der Hand ab. Im Gegensatz zu den Abenteurern, die vor allem durch Erkunden, Töten und Questen Erfahrung sammeln, gewinnt die Armee ihre vor allem durch Training und Marschieren. Nach Meinung vieler Gelehrter ist es für Berufsarmeen sicherlich besser, Erfahrungen durch Training für den Krieg zu sammeln, als tatsächlich Krieg zu führen. Während er darüber nachdenkt, kommt Daniel ein weiterer Gedanke: „Max, wie sammeln eigentlich Orks Erfahrung?"

„Ah, das weißt du nicht?" Maximillian fragt eher rhetorisch. Als mehr als ein Neuling unter den Abenteurern auftaucht, erhebt Max seine Stimme: „Orks sind ein bisschen wie wir – sie sammeln Erfahrung hauptsächlich durch Töten und Questen. Aber im Gegensatz zu uns und der Armee erhalten diejenigen in Machtpositionen auch einen ständigen Erfahrungsschub. Das ist der Grund, warum ein durchschnittlicher Ork Fußsoldat leicht zu bekämpfen ist, aber ihre Bosse sind viel schwieriger."

„Wie viel schwieriger?" Daniel fragt interessiert nach.

„Ein Ork-Boss ist etwa doppelt so gefährlich, wie man aufgrund seines Levels erwarten würde. Stärker, schneller und schlauer. Kämpft nicht gegen sie, wenn ihr könnt, dafür sind die Armeefeldwebel und die fortgeschrittenen Abenteurer da", antwortet Maximillian und achtet darauf, die Neulinge eindringlich anzuschauen. Es gibt mehr als ein paar, die nicken, auch Daniel und Asin. Vor allem Daniel, der sich nach seinem kürzlichen Verlust seines Levels besonders verletzlich fühlt, stimmt zu.

***

In der Nacht breiten sich die Lagerfeuer über der Ebene aus. Jede Abenteurergruppe hat ihr eigenes kleines Lager errichtet, die im Gegensatz zur Armee wahllos verstreut liegen. Daniel, der heute Kochdienst hat, rührt im Topf und ignoriert die gelegentliche Empfehlung von Asin. Gerüchte schwirren um sie herum, dass die Orks heute früh gesichtet wurden, dass sie abgehauen sind, dass sie schon ein, zwei, nein elf Dörfer zerstört haben. Nach einer anstrengenden ersten Nacht, in der er den Gerüchten lauschte, beschließt Daniel, sie alle zu ignorieren und sich auf das zu konzentrieren, was er kontrollieren kann – den Eintopf.

Es war seltsam, in der Stadt unterwegs zu sein und mit empfindungsfähigen Kreaturen zu kämpfen, die er noch nie gesehen hatte. Er kannte die Orks aus Gerüchten und nächtlichen Erzählungen, schließlich grenzen ihre Ländereien im Westen an Brad, und sie führen regelmäßig Überfälle auf die umliegenden Dörfer durch. Doch da er in den Bergen aufgewachsen ist, hat er keinen direkten Kontakt mit ihnen gehabt. Im Gegensatz zu den Menschen scheint es, dass die meisten ihrer Möglichkeiten, sich zu verbessern, ständige Kämpfe erfordern, was sie zu ständigen Überfällen und Angriffen gegeneinander und gegen Brad selbst zwingt. Mehr als einmal hat Brad Feldzüge in die Länder der Orks gestartet, um Siedlungen zu zerstören und die Bevölkerung zu reduzieren, aber die ausgedehnten, unberührten Ländereien, die die Orks beanspruchen, bedeuten, dass der Feldzug irgendwann zurückgerufen wurde und die Orks irgendwann wieder zurückkehrten. Gerüchten zufolge bringen die Orks ihre Kinder in Würfen zur Welt. Ihre ständigen Angriffe und ihre scheinbar unendlich wachsende Anzahl resultieren aus ihrem animalischen Fortpflanzungsverhalten, im Gegensatz zu den zivilisierteren und empfindungsfähigen Spezies.

Daniel rührt noch einmal um und kostet den Eintopf, bevor er seinen Gruppenmitgliedern zuwinkt. Es fühlt sich seltsam an, mit so vielen anderen zusammen zu sein, nachdem es die meiste Zeit nur Asin und ihn gab. Seltsam, aber schön, auch wenn es nur vorübergehend ist. Seine neuen Gruppenmitglieder sind allesamt gute Leute, Kilroy, ein Witzbold; Maximillian, streng, aber freundlich; und Mia, ruhig und kompetent. Die ruhige (und nicht so ruhige, wenn Kilroy in der Nähe war) Kameradschaft ist entspannend, auch wenn sie alle die Spannung der bevorstehenden Schlacht spüren.

Vielleicht liegt es daran, dass sie alle täglich im Dungeon ihr Leben riskieren, dass die Abenteurer das Ganze gelassener zu nehmen scheinen. Auf jeden Fall sind sie lauter und ausgelassener als ihre Kollegen bei der Armee. Mehr als einmal hat er die Blicke von vorbeigehenden Armeeangehörigen erhascht, fast so, als wären sie verärgert darüber, dass die Abenteurer etwas zu lachen hatten. Doch, überlegt Daniel, was konnten sie sonst tun? Das Leben für Geld zu riskieren, ist ihre Art zu leben, und ob es nun ein Crawler ist, der von der Decke fällt, oder ein Ork, der ihnen den Schädel einschlägt, es ist egal, wie ihr Leben endet. Wenn man nicht lernen konnte, über den bevorstehenden Tod zu lachen, hatte man keinen Platz als Abenteurer.

Während Daniel am Eintopf nippt und das Lob für seine Kochkünste von allen seinen Gruppenmitgliedern außer Asin entgegennimmt, drehen sich seine Gedanken um die Beweggründe. Es ist seltsam, wie die Mitglieder der Armee, der Garde und der Abenteurer so ähnlich und doch so unterschiedlich sind. Jeder führt ein Leben voller Gewalt, obwohl ein friedlicheres Leben eine Option gewesen wäre, und doch sind die individuellen Motivationen für jede Gruppe unterschiedlich – Patriotismus, Pflichtgefühl oder Abenteuer. Jeder erlangt auch auf unterschiedliche Weise Kraft – Training, Frieden oder Konflikt – und bekommt schließlich Fähigkeiten aus ihren Klassen, die sie ebenfalls unterschiedlich auszeichnen. Die Inventarfähigkeit der Abenteurer, das Wahrsagen der Wachen oder der Schildwall der Brad-Infanterie sind allesamt individuelle Skills, die nur denjenigen zur Verfügung stehen, die sich diesem Lebensstil verschrieben haben. Vielleicht sind es die Klassenfertigkeiten, die

Unterscheidung, die sie schufen, die ein Individuum dazu motivierten, den einen oder anderen Weg einzuschlagen – oder vielleicht ist es die Art und Weise, wie man Erfahrung sammelt. Auf jeden Fall sind die Wächter seiner Erfahrung nach beständiger und neigen mehr dazu, friedlichere Lösungen zu finden als der durchschnittliche Abenteurer.

Es ist ein Leben, das sich weit von seiner Zeit als Bergarbeiter unterscheidet. Manchmal fragt er sich, ob die anderen, die ein friedlicheres, weniger gefährliches Leben wählten, richtig lagen – aber wie bei vielen seiner Altersgenossen hat sich keine der anderen Entscheidungen richtig angefühlt. Kein Job als Rohstoffsammler, Bauer oder Handwerker würde ihm jemals die Chance geben, sich so auszuprobieren, wie es ein Abenteurer tut. Kein Gardist oder Soldat würde jemals die Freiheit haben, die seine Berufung bietet.

Vielleicht fühlt er sich deshalb jetzt unter den Abenteurern so viel wohler, als er es jemals während des Bergbaus getan hat, da die Entscheidungen, die jeder von ihnen getroffen hat, sie alle von der gewöhnlichen Gesellschaft trennt. Obwohl, vielleicht verblasst der Nervenkitzel? Auf jeden Fall scheint es so, als ob alte Abenteurer aufhören, Abenteurer zu sein, wenn man Khy'ra, Liev und Tharuk Glauben schenken darf. Vielleicht ist das Abenteurertum ein Job für junge Männer.

Daniel lächelt leicht, nimmt die Flasche Schnaps von Kilroy entgegen und schiebt seine Gedanken beiseite, als er sich zu ihnen gesellt, um ein Kartenspiel zu spielen. Überlegungen wie diese sind zwar interessant, aber letztendlich macht es keinen wirklichen Unterschied. Er ist jetzt ein Abenteurer und bald würden sie kämpfen.

***

„Nun, ich schätze, das leichte Geld ist vorbei", kichert Maximillian und betrachtet die erhöhte Aktivität unter den Armeeangehörigen vor ihnen. Die Armee hat sich auf der Straße vorwärtsbewegt, mit jedem Kilometer über die hügeligen Grasebenen näher und näher an die Grenze. Perfektes Land für die Landwirtschaft, mit fruchtbarem Boden und reichlich

Niederschlag, wenn man von den stetigen Steigungen absieht.

„Hmm ...?" Daniel wendet sich von der übertriebenen Geschichte ab, die Kilroy erzählt hat – es ist unmöglich, dass drei Ziegen und ein Wolf das einem Bauern angetan haben –, als Maximillian spricht. Er streicht sich in Gedanken abwesend mit einer Hand durch sein braunes Haar und schaut auf die Bewegung in der Ferne.

„Es sieht nach Ärger aus. Wenn ich richtig liege, werden wir bald eine Nachricht bekommen und die Wagen werden zur Seite ziehen", sagt Maximillian und gibt ihnen ein Zeichen, sich ein wenig zu beeilen, um neben dem ihnen zugewiesenen Wagen zu stehen. Die Ereignisse halten sich an sein Wort, denn bald wird die Nachricht gesendet, dass die Versorgungswagen anhalten und sich für einen möglichen Angriff in einer kleinen Schlucht bereit machen sollen. In dem Moment, in dem die Wagen dies tun, verteilen sich die Abenteurergruppen, um wache zu halten, während die Wagenfahrer und ihre Begleiter sich beeilen, die benötigte Ausrüstung herauszuholen. Vorne zieht die Armee von der Straße weg auf die Spitze des Hügels und verteilt sich mit der Infanterie an der Spitze und den Bogenschützen dahinter. Auf der Spitze des Hügels nehmen die Kommandanten und der Champion ihre Plätze ein und schauen zu.

Daniel hüpft von einem Fuß auf den anderen, weil er eine bessere Sicht haben will. Er möchte die Orks tatsächlich sehen, aber ihre Aufgabe ist eine andere – den Versorgungszug zu bewachen. Andere Abenteurergruppen ziehen sich zurück und bilden eine kleinere, aber mobilere Truppe, die auf Anweisungen wartet und sich direkt hinter dem Hügel und rechts von der Armee befindet. *Diese glücklichen Abenteurer würden die eigentliche Schlacht sehen*, denkt Daniel. Diese Truppe würde dazu dienen, die Armee zu flankieren oder zu verstärken, wenn es nötig ist. Sie sind eine sekundäre Reserve zur eigenen Armee.

Eine Hand legt sich auf Daniels Schulter, was ihn dazu bringt, sich nicht mehr zu bewegen. Maximillian lächelt, deutet auf Daniels Rücken und sagt: „Das solltest du dir vielleicht ansehen. Lade die Armbrust aber noch nicht, wir bekommen ein Signal, wenn es losgeht, aber es gibt keinen Grund, sie jetzt nicht zu überprüfen."

Daniel nickt dankbar und macht sich daran, die Armbrust, die er trägt, wie gewünscht zu überprüfen. Maximillian lächelt und bemerkt, wie der Junge sich ein wenig beruhigt, wenn er etwas Aktives zu tun hat. Natürlich, so denkt Maximillian mit einem Blick zu Daniels ursprünglicher Partnerin, könnten es sich manche Leute leisten, ein bisschen aufgeregter zu sein. Asin sieht den Blick und errät Max' Gedanken, gähnt aber nur, wobei ihre scharfen Zähne in der Sonne aufblitzen, während sie sich auf dem Wagen streckt, den sie bewachen, bevor sie sich wieder hinlegt.

Neben dem nervösen Daniel baut Kilroy seine Armbrust auf und steckt ein paar Bolzen in den Boden, ebenso wie Mia. Sie spannt ihren Bogen schnell und mit Leichtigkeit, testet den Zug, bevor sie eine Reihe von auffälligen, langsamen Dehnungen durchführt. Um sie herum nehmen verschiedene andere Abenteurer an ihren Vorbereitungsritualen teil, um sich auf den Kampf vorzubereiten.

Doch die Zeit vergeht ohne Kampf, Stunde um Stunde verstreicht. Kein Kampf, keine Schlacht und kein Geräusch von der anderen Seite des Hügels. Die Abenteurer werden ungeduldig, genervt und dann schließlich gelangweilt. Sie entspannen sich, sitzen herum und eine Gruppe beginnt sogar ein Kartenspiel.

Als die Trommeln erklingen, werden alle wieder munter. Das Geräusch, das zunächst ignoriert wurde, bringt die Aufmerksamkeit aller zurück an den Ort, an dem sie sich befinden, auf die Gefahr, in der sie alle schweben. Die Abenteurer stehen auf, und sogar die Armee, die eine Zeit lang geruht hatte, richtet sich auf. Die Trommeln werden immer lauter, begleitet vom Schreien und Knurren, das über den Hügel dringt. Das Gebrüll wird lauter, schließlich ertönen die Hornrufe der Armee. Die Bogenschützen in der letzten Reihe ziehen sich zurück und feuern, schicken Pfeilbögen über die Köpfe ihrer Kameraden, Pfeile, die für Daniel und die anderen Abenteurer ungesehen fallen.

Als es endlich kracht, das fleischige Schmatzen von Blut und Knochen gegen Stahl und Holz zu hören ist, hallt es verstärkt durch die beiden Hügel durch die Schlucht. Bald darauf setzen Schreie ein, Schreie der Wut und des Schmerzes, die sich mit dem allzu regelmäßigen Geräusch von Metall auf Metall und Metall auf Fleisch abwechseln. Der Kampf findet auf der anderen Seite des Hügels statt, zum größten Teil ist nur die Arbeit der Bogenschützen zu sehen, die über den Hügel schießen, doch Daniel kann es sich ungefähr vorstellen.

Schon bald werden die Abenteurer, die sich auf der rechten Seite gruppiert haben, im Laufschritt um die Flanke herumgeschickt, während der Champion sich von der Kommandogruppe entfernt und in gerader Linie hinter dem Hügel verschwindet. Andere aus dem Kommandozelt brechen in Abständen weg, um größeren Bedrohungen in der Ork-Armee direkt zu begegnen. All das erklärt Maximillian dem Abenteurer-Novizen, der neben ihm steht und dessen Augen auf das Geschehen gerichtet sind.

Die Schlacht tobt noch dreißig Minuten weiter, dann verstummt sie, als die Trommelschläge wechseln. Trompetenrufe bringen die Abenteurer in ihre ursprüngliche

Position, während der Champion zurück zum Kommandoposten schreitet und das Blut von seinem Schwert streift. Ein kurzes Kopfschütteln verneint die an ihn gerichtete Frage, während ringsum Soldaten und Heiler mit den Spuren des Kampfes beschäftigt sind.

Die Zeit schleppt sich dahin, Läufer bewegen sich zwischen dem Versorgungswagen und der Front, um Getränke und Ersatzausrüstung zu liefern. Ein Befehl wird gegeben, und im Kreis der Wagen wird eine Reihe von Kochfeuern entzündet. Ohne Vorwarnung beginnen die Trommeln wieder zu ertönen, doch die Köche in der Mitte ignorieren das alles und arbeiten weiter.

Daniel stellt fest, dass sein Magen knurrt, der Hunger ist durch die ständige Aufregung, in der er sich befindet, gestiegen. Er kann nichts tun, nichts sehen, nur erahnen, was vor sich geht, doch seine Aufregung lässt nicht nach, die nervöse Energie entzieht ihm Kraft und belebt ihn gleichzeitig.

Der Kampf scheint diesmal anfangs ähnlich zu verlaufen, doch nach zehn kurzen Minuten ertönt ein ohrenbetäubendes menschliches

Gebrüll. Die zunächst geordnete Linie bricht plötzlich in der Mitte auseinander und breitet sich dann schnell nach außen aus, wobei die Armee in der Verfolgung hinter dem Hügel verschwindet. Die Abenteurer teilen sich schnell in Jagdgruppen auf, um sich um die Flanken zu kümmern, während die Kommandanten sich verabschieden und selbst hinter der Armee herlaufen.

Eine Zeit lang herrscht Stille auf dem Schlachtfeld und Daniel blickt zu Maximillian, unsicher, ob das alles war. So viel Zeit für so wenig Gewinn. Noch bevor er den Mund öffnen kann, lässt ihn ein leises Knurren von Asin zu ihr blicken. Sie zeigt auf ihn, und er folgt ihrem Finger, welcher über die Straße zeigt, wo sich eine Gruppe von Orks inmitten eines unberührten Wäldchens zeigt.

# Kapitel 28

Es bleibt nicht viel Zeit, etwas zu sagen, da die Orks bemerken, dass sie entdeckt wurden, und im Laufschritt auf die Gruppe zusteuern. Um Daniel herum ertönen Alarmschreie, und er bemerkt nicht, dass seine Stimme zu dem Gedränge hinzugekommen ist.

Mia und Kilroy drehen sich um, um sich der ankommenden Horde zu stellen, während andere Abenteurer-Gruppen herbeiströmen, zur Verstärkung der Linie von hinten. Sie befinden sich ganz rechts in der zu dünnen Linie, und Daniel kann spüren, wie ihm der Mund trocken wird, als er den schwerfälligen Feind sieht. Die Orks tragen eine Vielzahl von Kleidungsstücken, von schmutzigen Lumpen bis hin zu abgenutzten Lederrüstungen, obwohl ein paar der massiven Orks dahinter in vollständige Kettenhemden gekleidet sind. Abgesehen von der Wahl ihrer Kleidung ist Daniel nicht in der Lage, Unterschiede zwischen den schreienden, grünen, mit Stoßzähnen gefüllten und voller Hass spuckenden Kreaturen auszumachen, die auf ihn zustürmen.

Mia beginnt als Erste zu schießen, zusammen mit ein paar der anderen fähigen

Bogenschützen, und schickt ihre Pfeile in die Horde. Ein paar straucheln, die Pfeile treffen sie in Schulter, Brust und Bein, aber die meisten Schüsse gehen daneben. Es dauert nur einen kurzen Moment und weitere zwanzig Meter, bis die Armbrustschützen in der Gruppe zu feuern beginnen und ihre Bolzen der Pfeilflut hinzufügen. Kilroy schaut nicht einmal hin und übergibt seine Armbrust an Daniel, der ihm seine eigene reicht, bevor er beginnt, Kilroys wieder zu laden. Daniel zwingt sich, präzise zu bleiben und stellt sicher, dass der Bolzen richtig sitzt, bevor er ihn spannt. In dem Moment, in dem er fertig ist, übergibt er die Armbrust und bemerkt, wie nah die Orks bereits sind.

*Wie konnten sie so nah herankommen?* denkt Daniel überrascht, als er die Armbrust, die Kilroy ihm gereicht hat, fallen lässt und sich Schild und Streitkolben schnappt, um in den Kampf zu ziehen. Die Nahkämpfer, wie Maximillian, haben sich bereits auf den Weg gemacht und stürmen auf die größere Gruppe zu, um sicherzustellen, dass sie nicht umgeworfen werden. Doch die Linie ist zu dünn, und Orks wirbeln um die Abenteurer herum und stürmen durch die Linie hindurch.

Der Ork, der Daniel gegenübersteht, hat kaum Zeit, sich aufzurichten, und wirft ihn im ersten Ansturm fast komplett um. Daniel taumelt zurück und nur der plötzliche Stoß von hinten, als Kilroy seine Schulter in den jüngeren Mann wirft, hilft ihm, sich auf den Beinen zu halten. Zu Daniels Glück ist der Ork nicht auf den Stromstoß vorbereitet, der bei der Berührung durch ihn hindurch schießt, und Daniel kann sich unter dem falsch getimten Schlag wegducken. Er bringt seinen eigenen Streitkolben ins Spiel und schlägt dem Ork zweimal ins Gesicht, bevor er die Kreatur von sich wegstößt.

Über dem Kampfgeschehen arbeitet Asin mit ihren Wurfdolchen in die anstürmende Horde hinein und trifft die Orks an den Füßen und im Gesicht, sodass sie in ihrem Ansturm ins Stocken geraten. Nachdem dieser anfängliche Ansturm gestoppt wurde, beginnt sie, ihre Würfe mit Bedacht einzusetzen und Orks zu treffen, die versuchen, die Abenteurer in der Nähe zu flankieren und zu überfallen.

Mia und Kilroy, die ihre Fernkampfwaffen abgelegt haben, haben ein Schwert und ein Paar Messer gezogen und kämpfen neben Daniel, während er nach vorne stürmt und seine Schild-Schlag-Fähigkeit einsetzt, um mehr Raum für ihre Angriffe zu schaffen. In der Mitte des Kampfes haben sich die Abenteurer zu einem Kreis zusammengefunden, um sich gegenseitig zu unterstützen und zu vermeiden, völlig umzingelt zu werden. Maximillian steht immer noch und führt seine Schwert-Dolch-Kombination gekonnt aus, fängt und wehrt Schläge mit seinem Dolch ab und schlägt mit dem Schwert in schnellen, präzisen Bewegungen zurück.

Daniel drängt weiter nach vorne, der Instinkt treibt ihn an, seinem Gruppenmitglied nahe zu kommen und ihm zu helfen. Ein Schlag zu seiner Linken wird von seinem Schild abgefangen und Kilroy nutzt die Gelegenheit, um hinter den Angriff des Orks zu schlüpfen und seine Dolche in die Brust des Orks zu rammen. Daniel schlägt seinen eigenen Streitkolben mit einem vernichtenden Schlag auf einen anderen Ork ein, der Mia gegenübersteht und gezwungen ist, seinen eigenen Angriff abzubrechen, um dem Schlag auszuweichen, was Mia einen Moment Zeit gibt, sich wieder aufzurichten. Als der Ork sich nach dem Ausweichen wieder aufrichtet, fährt ein geworfener Dolch durch seine Kehle und durchbohrt sie vollständig. Abgelenkt und am eigenen Blut erstickend, beendet Mia das Leben der Kreatur.

Ein lautes Brüllen erregt Daniels Aufmerksamkeit, gerade als er seinen Doppelschlag beendet und den nächsten Ork in der Reihe vor ihm zur Seite schmettert. Die beiden massiven Ork-Krieger, die Daniel zuerst gesehen hat, haben sich in der Mitte des Kampfes eingefunden und zerschlagen den Kreis mit brachialer Gewalt. Maximillian weicht einem Angriff gegen ihn aus, die Klinge schnellt nach oben und durchtrennt die Sehnen im Arm, während er einem Ork-Krieger gegenübersteht. Der zweite Krieger wütet durch die Überreste der Linie.

Für einen kurzen Moment abgelenkt, wird Daniel fast vom Ork, der ihm gegenübersteht, getroffen, nur ein Ruck seines Kopfes in letzter

Minute verhindert, dass der Schlag sein Gehirn trifft. Er landet jedoch an seiner Schulter und betäubt für einen Moment seinen linken Arm. Daniel knurrt, duckt sich nach vorne und nähert sich dem Ork, um sich einen Moment Zeit zu verschaffen und schlägt der Kreatur mit seinem Streitkolben ins Gesicht. Als der Ork zurückweicht, verpasst er der Kreatur einen Rückhandschlag und stößt sie dann nach rechts, damit Mia die Kreatur erledigen kann.

Maximillian tänzelt vor dem großen Ork-Krieger davon. Die weiten, unerfahrenen Schwünge der Kreatur verschaffen Maximillian eine kurze Atempause, während andere Orks gezwungen sind, wegzukriechen, um sicherzustellen, dass sie nicht auch getroffen werden. Er nutzt die Zeit, um seine eigenen Angriffe zu starten, indem er Arme und Beine trifft, wo er nur kann. Als der Ork wütend wird, tritt er vor, um den Kampf zu beenden, und das ist der Moment, in dem Maximillian in einem perfekten Ausfallschritt nach vorne tritt, wobei sein Schwert kurz aufglüht und das Kettenhemd seines Gegners durchschlägt. Der aufgespießte Ork-Krieger beendet seinen ersten Angriff, doch der geschwächte Schlag wird von Maximillians Dolch problemlos abgewehrt.

Unglücklicherweise, bevor Maximillian sein Schwert aus dem Körper der Kreatur ziehen kann, kehrt der andere Ork-Krieger zurück und schwingt sein Schwert nach Maximillian. Es erwischt den Abenteurer unter der Brust, kann aber den Plattenpanzer, den der Mann trägt, nicht durchschlagen. Dennoch ist der Schlag stark genug, um den Abenteurer vom Boden zu heben und ihn einige Meter weit zu schleudern.

Kilroy brüllt, stößt sich von der Gruppe ab und wird zu einem farbigen Fleck aus flackernden Klingen, während er durch die letzten paar verbliebenen Orks zwischen ihm und seinem Gruppenanführer wirbelt. Die Hiebe hinterlassen lange, blutende Wunden bei all seinen Gegnern und lenken ihre Aufmerksamkeit auf den dolchschwingenden Kämpfer in ihrer Mitte. Während sie sich auf ihn konzentrieren, stürmen Daniel und Mia von hinten auf sie zu und machen den abgelenkten Kämpfern den Garaus.

Asin ist von ihrem Wagen heruntergesprungen und arbeitet sich durch die verbliebenen Abenteurer. Sie tötet ihre Gegner mit schnellen Dolchstößen von hinten, bevor sie die Abenteurer zu einer geschlossenen Einheit zusammenzieht. Unbemerkt von Daniel und seinen konzentrierten Freunden haben sie sich tief in die Hauptgruppe gedrängt und selbst ein Flankenmanöver geschaffen, und Asin arbeitet daran, die Orks mit den anderen fertig zu machen.

Daniel nähert sich schließlich Kilroy und Maximillian. Ein Schild-Schlag schiebt einen letzten verbliebenen Ork von Kilroy weg, der bereits aus mehreren Wunden blutet, sich aber weigert, von seinem niedergeschlagenen Gruppenanführer wegzugehen. Als Daniel einen kurzen Moment der Ruhe hat, lässt er sich auf sein Knie fallen und legt eine Hand auf Maximillians ausgestreckten Körper, um eine kleine Heilung zu wirken. Der Zauber dauert nur wenige Sekunden, ist aber schneller als seine Gabe und unter diesen Umständen weniger gefährlich. Über ihm kämpfen Mia und Kilroy aggressiv, um die Orks von Daniel fernzuhalten und ihm Zeit zum Arbeiten zu geben.

Als Daniel vom Zauber aufblickt, sieht er, wie Mias Schwert zur Seite geschleudert wird, als sie sich beim Blocken verschätzt und von der schieren Kraft des verbliebenen Ork-Kriegers überwältigt wird. Der Schlag trifft ihr linkes Schulterblatt, schneidet sich durch Muskel und Knochen und lässt sie betäubt und blutend zurück. Daniel kommt auf die Beine und löst einen Schildschlag in der Mitte des Ork-Kriegers aus, obwohl es Daniel ist, der nach hinten stolpert. Der Ork-Krieger lässt sich von seinem Angriff nicht beirren und schwingt sein Schwert erneut nach Mia. Daniel wirft sich in den Weg, stützt sich mit der anderen Hand auf seinen Schild und taumelt zurück. Er taumelt weiter, während der Ork-Krieger nicht nachlässt und einen Schlag nach dem anderen auf Daniel loslässt, ihn nie richtig zur Ruhe kommen lässt und mit jedem Schlag die Risse in seinem Schild vergrößert.

Die unerbittlichen Angriffe des Orks werden plötzlich gestoppt, als ein Paar Wurfmesser in seinen Deltamuskeln versinken, als Asin und ihre gesammelten Abenteurer endlich ankommen. Asin selbst bewegt sich, um die Kreatur zu flankieren, und wirft ihr Messer mit Durchbohrendem Schuss, um die Kreatur weiter abzulenken, während Daniel mit seinem Doppelschlag vorstürmt. Die beiden Abenteurer arbeiten zusammen und verfallen in die Routine, welche sie für den Umgang mit Orks im siebten Stockwerk entwickelt haben, um den stärkeren Ork-Krieger mit jedem Schlag zu zermürben. Neben ihnen arbeiten die anderen Abenteurer daran, die verbleibenden Orks aufzumischen, und überlassen es den beiden, den Job zu beenden.

Im Gegensatz zum verzweifelten Kampf vor wenigen Augenblicken ist der Kampf mit dem Ork-Krieger jetzt fast zu einfach. Der Ork-Krieger ist verletzt und ohne weitere Ablenkungen, die sie stören könnten, kein Gegner für die beiden Abenteurer-Neulinge. Als der Krieger durch Daniels finalen Schlag auf die Stirn zusammenbricht, treten die beiden Abenteurer zur Seite, um nach weiteren Gefahren zu suchen – und finden keine. Der Kampf um die Vorräte ist beendet.

# Kapitel 29

Für einen kurzen Moment entspannt sich Daniel, Erleichterung durchflutet ihn, das Gemetzel überlebt zu haben. Einen Moment später legt er seinen Streitkolben und sein Schild ab und eilt zu Mias Leiche hinüber. Ihre Wunde ist weit offen, es fließt kein Blut mehr aus ihr, und selbst als er sich bückt, um nachzusehen, weiß er, dass es zu spät ist. Dennoch versucht er es, aber die Seele hat bereits ihren Körper verlassen, und seine Gabe findet nichts, woran sie sich festhalten kann.

Trauer droht ihn zu überwältigen, wird aber beiseitegeschoben, als Daniel seine Arbeit macht. Kilroy humpelt herüber, Tränen laufen ihm über die Wangen, als er auf den toten Körper seiner Freundin starrt. Der trauernde Abenteurer geht auf ein Knie und hält sie fest, während tiefe Schluchzer aus seiner Brust kommen.

Nur Asin sieht das, denn Daniel arbeitet fieberhaft, geht von Körper zu Körper, um zu tun, was er kann. Andere Abenteurer kümmern sich um die Auswahl, ziehen die Schwerverletzten zur Seite, während Daniel und die anderen Heiler sie stabilisieren. Daniel setzt seine Gabe sparsam ein und tut dies nur zweimal, um Abenteurer, die sonst sterben würden, schnell zu heilen und zu stabilisieren. Diejenigen, die verletzt sind, aber überleben werden, werden mit traditionelleren Mitteln versorgt, wobei das Mana für alle außer den kritischsten Fällen gespart wird.

Erst als die kritische Arbeit der Heilung erledigt ist, kann Daniel die sich stapelnden Benachrichtigungen überprüfen und die verschiedenen Informationen, die er während des Kampfes erhalten hat, durchgehen. Es ist nur das letzte Stück, das besonders bemerkenswert ist.

***Level-Aufstieg!***
*Abenteurer Level 5*
*Du hast 5 Attributpunkte gewonnen.*

Als die erste Armeedivision zurückkehrt und keine weiteren Angriffe kommen, wenden sich die Heiler wieder ihren Patienten zu und nutzen ihr Mana, um den Heilungsprozess zu beschleunigen. Es werden alle Anstrengungen unternommen, um etwas Mana für mögliche weitere lebensbedrohliche Verletzungen zu sparen, aber da die unmittelbare Gefahr vorüber ist, haben die Heiler einen größeren Spielraum, um ihre Zauber zu wirken.

Maximillian ist unter den Schwerverletzten, aber stabil, die Rippen sind gebrochen, aber die inneren Blutungen wurden durch Daniels schnelle Hilfe gestoppt. Daniel selbst kümmert sich um seine Wunden und setzt seine Heilfähigkeiten ein, um den bewusstlosen Gruppenleiter zusammenzuflicken. Kilroy ist inzwischen von Mias Körper weggezogen worden und sitzt neben Maximillian, der den Bogen der verstorbenen Abenteurerin umklammert, während er Daniel bei der Arbeit zusieht.

Asin arbeitet mit den Quartiermeistern, während Daniel sich selbst heilt, die Orks zuerst ihrer Wertsachen beraubt und dann alles kategorisiert. Ein Teil der Catkin ist enttäuscht, dass die Armee alles mitnehmen wird, aber sie nimmt es klaglos hin. Das ist schließlich weder die Zeit noch der Ort, um die Bedingungen ihrer Anstellung zu diskutieren. In jedem Fall ist es eine bessere Aufgabe als die Geschmacklose, die Orks und ihresgleichen zu begraben.

Am Abend taucht der Champion schließlich mit dem Rest der Armee wieder auf. Die Zelte sind abgesteckt und die Umgebung gesichert, die Party beginnt. Die Verluste waren mehr als akzeptabel; die Armee hatte es nach der Mobilisierung geschafft, die grunzenden Orks mit Leichtigkeit zu vernichten. Nur ein einziges Mal bestand echte Gefahr, als der Ork-Kriegshäuptling in den Kampf eingriff, aber der Champion hatte ihn selbst im Kampf getroffen. Die Geschichte der unzerbrechlichen Verteidigung der Gabe des Champions und dem darauffolgenden Kampf verbreitete sich schnell in den Zelten und wuchs mit jeder Erzählung.

Diejenigen, die die Vorräte bewachen, haben ihre eigene Geschichte zu erzählen, und während der Jubel anfangs noch gedämpft ist, nimmt er bald an Fahrt auf. Die Abenteurer verstehen den Verlust, sie verstehen den Tod, und obwohl dies nicht der Weg ist, den sie für ihre Freunde erwartet hatten, ist es doch Teil ihrer Aufgabe. Trauern kann und wird später geschehen – jetzt ist es an der Zeit, die Tatsache zu feiern, dass sie am Leben sind.

In ihrem eigenen Lager finden sich Daniel und Asin in einem Kochwettbewerb wieder, sehr zur Freude der umliegenden Lager. Die beiden Köche lassen sich Bier in die Hand drücken, während sie daran arbeiten, die hungrige Menge zu füttern, wobei Lachen und gutmütige Sticheleien zwischen ihnen ausgetauscht werden. Oder so viel Spott, wie Asin überhaupt bieten kann.

Am Morgen löst sich das Lager auf, und die Armee tritt ihre lange Heimreise an. Einige wenige Abenteurer gehen nicht zurück, sondern ziehen zur Grenze, um sicherzustellen, dass die Orks auch wirklich verschwunden sind. Daniel und seine Gruppe werden nicht ausgewählt, ihre Gruppe ist zu klein und neu, um an einem solchen Unterfangen teilzunehmen. Daniel ist erleichtert – so lehrreich dieses Abenteuer auch war, er ist froh, nach Hause zurückzukehren.

Die Reise zurück in die Stadt verläuft ruhig und entspannt, selbst die Armeeangehörigen scheinen sich nach der Schlacht zu entspannen. Daniel verbringt seine Zeit abwechselnd mit den Wagen der Heiler und geht neben Asin her, um Catkin zu lernen.

Vor den Toren der Stadt angekommen, schafft es Daniel nicht bis zur Abenteurergilde, um seine Quest offiziell zu beenden. Stattdessen wird er direkt von Khy'ra weggeschleppt, um seine sichere Rückkehr zu feiern. Nach dem Rausch der Leidenschaft zerrt sie gekonnt die Geschichte aus ihm heraus und lässt ihn seine Gefühle verarbeiten. Asin beendet die Quest für beide und umarmt Liev kurz, bevor sie zu ihrer Familie aufbricht. Die Beastkin befragen sie auf ihre Art und Weise und lassen sie die Geschichte der Schlacht immer wieder vor verschiedenen Gruppen erzählen. Erst am nächsten Morgen schafft es Daniel zur Abenteurergilde, leichteren Schrittes und mit einem Teil seines Kummers gelindert.

„Daniel, gut. Ich habe etwas für dich", lächelt Liev leicht und winkt ihn herüber.

„Guten Morgen, Liev. Asin hat mir Bescheid gegeben." Er nickt seinem Freund zu und schaut sich in der relativ ruhigen Abenteurer-Gilde um. Es scheint, dass die meisten anderen, die mit der Armee gegangen sind, einen Tag frei nehmen.

„Komm mit", winkt Liev ab und führt Daniel in einen privaten Raum. Dort zieht er ein kleines Päckchen aus seiner Jackentasche und bietet es Daniel an. Geöffnet enthält es einen einfachen Eisenring mit einem geschliffenen blau-violetten Stein. Doch als Daniel ihn in die Hand nimmt, erhält er eine Benachrichtigung:

### Mondstein-Ring der Erfahrung

*Wenn der Träger schläft, erlebt er Ereignisse, die innerhalb von 24 Stunden geschehen sind, erneut und lernt neue Lektionen.*

*Effekt: +2% Erfahrungs- und Fertigkeitsgewinn in den letzten 24 Stunden*


„Das ..." Daniels Kinnlade fällt herunter. Er hat natürlich schon von solchen verzauberten Gegenständen gehört, Geschichten, die von Abenteurer zu Abenteurer erzählt wurden und deren Status zu fast mythischem Ausmaß erhoben wurde. Verzauberte Gegenstände wie diese wurden in Abenteurer-Familien als Erbstücke weitergegeben und als die wertvollsten Gegenstände, die sie erwerben konnten, gehütet. Es hieß, die Krone selbst sei aus Mondstein gefertigt und gewähre dem Träger einen 10%igen Boost. Einen Ring wie diesen in der Hand zu halten, übersteigt all seine Erwartungen.

„Es gehört dir. Hüte dich davor, mit jemand anderem darüber zu sprechen. Khy'ra weiß es natürlich, denn sie hat ihn als deine Bezahlung für die Heilung des Champions ausgehandelt", sagt Liev. Er streckt die Hand aus und schließt Daniels Hand über dem Ring.

Daniel kämpft gegen seine Gefühle an, er ist wirklich hin- und hergerissen. Seine erste, instinktive Reaktion ist, das Geschenk abzulehnen. Es ist zu viel, viel zu viel. Doch ein ehrlicherer Teil von ihm erkennt, wie mächtig und angemessen das Geschenk ist – es lässt ihn Kraft und Erfahrung gewinnen, auch wenn er sie verliert, während er seine eigene Gabe einsetzt. Es könnte nie wirklich die verlorenen Erfahrungen oder die vergessenen Erinnerungen wieder gutmachen, aber es würde helfen.

„Ich danke dir." Mit gesenktem Kopf öffnet Daniel seine Hand und zieht den Ring an.

„Nicht nötig. Ich bin nur der Bote." Liev lächelt, klopft dem jungen Abenteurer auf die Schulter und führt ihn hinaus.

Draußen wartet Asin geduldig mit einem Zettel in der Hand. Sie blickt zu Daniel und Liev und sieht den neuen Ring, ignoriert ihn aber und reicht Daniel stattdessen den Questzettel. Daniel lächelt seine Freundin an, nimmt den Zettel und liest ihn durch, bevor er eine Augenbraue hochzieht. „Schattenkatze, schon wieder?"

Asin nickt fest und streicht über ihre Messer. Ihr einziger misslungener Auftrag. Einen Moment lang zögert Daniel, dann lächelt er, kommt ihrer Bitte nach und geht zum Tresen. „Dann also zurück an die Arbeit."

###

**Ende**

# Anmerkung des Autors

Wenn dir das Buch gefallen hat, hinterlasse bitte eine Rezension und Bewertung. Es ist nicht nur ein großes Lob, es hilft auch dem Verkauf und überzeugt mich, mehr von dieser Serie zu schreiben!

Erlebe die weiteren Abenteuer von Daniel und Asin, die sich neuen und spannenden Herausforderungen stellen:

- Das Herz eines Abenteurers (Buch 2 von Die Abenteuer in Brad) https://books2read.com/das-herz-eines-abenteuers

Bitte schaue dir auch meine anderen Serien an, die System-Apokalypse (ein post-apokalyptisches LitRPG) und Verborgene Wünsche (eine Urban-Fantasy-GameLit-Serie):

- Das Leben im Norden (Buch 1 von Die System-Apokalypse Serie) https://books2read.com/das-leben-im-norden

- Eines Gamers Wunsch (Buch 1 von Verborgene Wünsche Serie) https://books2read.com/eines-gamers-wunsch

- Ein Tausend Li: Der Erste Schritt (Buch 1 von Ein Tausend Li Serie) https://www.mylifemytao.com/foreign-language-editions/german/ein-tausend-li/

Weitere tolle Informationen über LitRPG-Serien findest du in den Facebook-Gruppen:

- Deutschsprachige LitRPG https://www.facebook.com/groups/deutsche.litrpg/

# Über den Autor

Tao Wong ist ein begeisterter Fantasy- und Sci-Fi-Leser, der seine Zeit mit Arbeiten und Schreiben im Norden Kanadas verbringt. Er hat viel zu viele Jahre damit verbracht Kampfsport in vielen Formen zu betreiben und nachdem er sich zu oft etwas gebrochen hatte, verbringt er nun seine Zeit damit, über Fantasy-Welten zu schreiben.

Wenn du ihn direkt unterstützen möchtest, hat Tao jetzt eine Patreon-Seite, auf der Previews all seiner neuen Bücher zu finden sind!

- https://www.patreon.com/taowong

Für Updates zur Serie und seinen weiteren Büchern (und speziellen One-Shot-Geschichten), besuche bitte die Website des Autors: http://www.mylifemytao.com/

Abonnenten von Taos Mailingliste erhalten exklusiven Zugang zu Kurzgeschichten aus den Universen Thousand Li und System Apocalypse: https://www.subscribepage.com/taowong

---

Oder besuche die Facebook-Seite von Tao: https://www.facebook.com/taowongauthor/

# Über den Herausgeber

Starlit Publishing ist in vollem Besitz von Tao Wong und wird von ihm betrieben. Es ist ein Science-Fiction- und Fantasy-Verlag, der sich auf die Genres LitRPG und Kultivierung konzentriert. Der Fokus liegt auf der Förderung neuer, aufstrebender Autoren des Genres, deren Schreiben die bestehenden Stereotypen herausfordert und gleichzeitig eine rasend gute Lektüre bietet.

Für weitere Informationen über Starlit Publishing: https://www.starlitpublishing.com/

Du kannst dich auch in die E-Mail Liste von Starlit Publishing eintragen (https://starlitpublishing.com/newsletter-signup), um über neue, spannende Autoren und Buchveröffentlichungen informiert zu werden.

www.ingramcontent.com/pod-product-compliance
Lightning Source LLC
Chambersburg PA
CBHW060854210726
48293CB00006B/1794